Mathias Christiansen

Pille-Palle und der Schatz im Schilf

Über den Autor

Mathias Christiansen, Jahrgang 1968,
ist verheiratet, hat vier Kinder und ist neben seiner Arbeit in der Verwaltung eines Amtsgerichts als Autor tätig. Er hat bereits mehrere Bücher veröffentlicht.

Mathias Christiansen

Pille-Palle und der Schatz im Schilf

Gerth Medien

FSC
www.fsc.org
The mark of responsible forestry
FSC® C017859

Verlagsgruppe Random House FSC-DEU-0100
Das für dieses Buch verwendete FSC®-zertifizierte Papier *EOS*
liefert Salzer, St. Pölten.

1. Auflage 2012
Bestell-Nr. 816 676
ISBN 978-3-86591-676-1

Umschlaggestaltung: Immanuel Grapentin
Umschlagillustrationen: effekt (Alica & Irina Frisorger)
Illustrationen im Innenteil: effekt (Alica & Irina Frisorger)
Satz: Die Feder GmbH, Wetzlar
Druck und Verarbeitung: CPI Moravia

„Denn wo dein Schatz ist,
da ist auch dein Herz."

Matthäus 6,21

In letzter Sekunde

Vorsichtig drückte der Junge auf die Klinke. Die alte Holztür klemmte ein wenig, dann ließ sie sich öffnen. Seine Vermutung war richtig: Die Gartenlaube war wirklich nicht abgeschlossen.

Leise schlich er hinein und sah sich im Halbdunkel um. Es roch ein wenig feucht - wie nach Moder. Die Dielen knarrten und er versuchte, so gut es ging, leise zu sein. Wenn sie ihn hier drinnen fänden, würde es einen Riesenärger geben.

Irgendwoher hörte er ein Rascheln und erschrak. Einen Moment lang hielt er den Atem an und lauschte. Das Geräusch war verschwunden. Sicher nur eine Maus, versuchte er sich einzureden. Dann setzte er den nächsten Schritt.

Irgendwann entdeckte er, was er gesucht hatte. Vorsichtig und darauf achtend, keine Geräusche zu machen, griff er danach. Vom Regal hob er seine Beute auf den Fußboden und zog sie dann ins Freie. Mittlerweile war es auch draußen dunkler geworden. *Eigentlich ganz gut,*

POLIZEI

dachte er. So wäre es noch unwahrscheinlicher, dass ihn jemand sehen würde.

Als er den Garten verlassen hatte, hörte er Sirenen. Eindeutig ein Polizeiauto. Und es kam ebenso eindeutig näher!

Der Junge spürte, wie sein Herz zu rasen begann. Hastig zog er seine Beute zum Ufer des nahen Sees und schob sie ins Schilf. Hier war sie erst einmal sicher. Die Polizeisirene klang immer lauter. Immer lauter und immer bedrohlicher. Schnell griff er nach seinem Fahrrad und raste davon. Man hatte ihn nicht geschnappt.

Inhalt

Ohne Frage, die ganze Geschichte ist wirklich sehr wunderlich. So wunderlich, dass ich nicht weiß, ob du sie mir glauben wirst. Aber es ist tatsächlich alles so geschehen, wie ich es aufgeschrieben habe. Wenn du daran zweifelst, kannst du mich ja gerne in Berlin besuchen und persönlich fragen. Dann zeige ich dir, dass ich nicht geschwindelt habe. Alles hat sich genau so zugetragen. Ohne Flunkerei! Und außerdem werde ich dir später noch verraten, wie du herausfinden kannst, ob ich recht habe oder nicht. Es gibt nämlich einen Beweis dafür, dass ich nicht geschwindelt habe. Einen echt coolen und total genialen Beweis. Doch alles hübsch der Reihe nach.

Die Entdeckung

Eigentlich fing dieser Tag stinknormal an. Wir saßen in unserer Küche und ich kaute gerade auf einem verbrannten Toast herum.

Papa hatte den Toaster auch heute wieder falsch eingestellt.

„Na, Pille, schmeckt's?", fragte er, blinzelte mir kurz zu und strich sich zugleich nervös über seine Stirn. Hatte er wieder einen seiner Fahrschüler vergessen?

Um mir nichts anmerken zu lassen, schmierte ich extra viel Nutella auf den Toast und nickte. Papa versuchte alles, um den Haushalt zu schmeißen. Aber seit Mamas Tod klappte vieles nicht so ganz. Meine Mutter ist leider schon gestorben, als ich erst vier Jahre alt war, musst du wissen. Seither leben Papa und ich allein. Abgesehen von unseren beiden Haustieren: Dr. Pringel, meinem hellbraunen Kaninchen, und Darwin, unserem alten grauen Esel. Darwin muss wegen seines hohen Alters keine Arbeiten mehr verrichten, sondern bekommt bei uns sein Gnadenbrot.

Der Ort, in dem wir wohnen, heißt Heinersdorf. Genau genommen ist Heinersdorf ein Ortsteil von Berlin. Aber er liegt schon so weit am Rande der Großstadt, dass es bei uns eher ländlich zugeht.

Immerhin sind wir hier noch durch eine Straßenbahnlinie mit der Innenstadt von Berlin verbunden.

Wenn du gut aufgepasst hast, dann ist dir sicher aufgefallen, dass mein Vater mich *Pille* genannt hat. Natürlich ist das nicht mein richtiger Name. *Pille* ist mein Spitzname. Fast alle nennen mich so, obwohl ich eigentlich mit richtigem Namen Philipp heiße. Philipp Kieselbach. Nach dem Sommer komme ich in die sechste Klasse und die Schule ist nicht unbedingt das, was mir am meisten Spaß macht. Trotzdem sind meine Noten recht gut.

„Pille, ich muss los", knurrte Papa schließlich, nachdem er an seinem Handy herumgespielt hatte. „Ich muss gleich noch eine Fahrstunde machen. Der junge Mann wartet bestimmt schon auf mich."

Hastig erhob sich Papa, wobei seine noch randvolle Kaffeetasse gefährlich ins Wackeln geriet. Schnell griff er danach, nahm noch einen Schluck und war im nächsten Moment auch schon aus der Küche verschwunden. Ich hatte

also recht gehabt: Papa hatte wieder einmal einen Termin verschwitzt!

Eigentlich ist mein Papa ja Schriftsteller. Das heißt, dass er Bücher und hin und wieder auch Artikel für Zeitschriften schreibt und so gut wie immer zu Hause arbeitet. Allerdings hat er seit einiger Zeit auch noch einen zweiten Job: Papa betreibt gemeinsam mit Onkel Bernd eine Fahrschule.

Denn das Geld, was Papa mit seiner Schriftstellerei verdient, reicht leider hinten und vorne nicht zum Leben. So hat er sich an seinen alten Beruf erinnert und quält seit letztem Sommer fleißig Fahrschüler. Wenn er sie nicht vergisst ...

Meine Freizeit verbringe ich meistens mit Paula. Paula kenne ich schon aus dem Kindergarten. Heute geht sie in dieselbe Klasse wie ich. Oh, wir haben schon sooo viel Spannendes zusammen erlebt, sage ich dir! Einmal war ich sogar zusammen mit ihr in England. Ganz heimlich! Aber das ist wieder eine andere Geschichte.

Auf jeden Fall ist Paula meine beste Freundin. Manche hänseln mich dafür, dass ich mich mit einem Mädchen abgebe, oder machen dumme Bemerkungen von wegen „meine Verlobte“ und so.

Aber das stört mich nicht. Paula ist die beste Geheimnis-für-sich-Behalterin, die ich kenne. Außerdem hat sie nicht nur jede Menge gute

Ideen, sondern auch Ausdauer. Da, wo andere längst aufgegeben hätten, bleibt sie dran. Das macht sie wirklich besonders, muss ich sagen.

Was ich dir natürlich noch von Paula erzählen muss, ist, dass sie so gut wie nie Paula genannt wird. Eigentlich sagen alle nur *Palle* zu ihr. Und da man Paula und mich oft zusammen sieht, ruft man uns eigentlich immer nur Pille-Palle.

Nun aber endlich zu unserem Abenteuer, von dem ich dir erzählen will. Nachdem ich also gefrühstückt hatte, klingelte auch schon Palle an unserer Tür. Wir hatten uns verabredet und sie war – im Gegensatz zu Papa – fast immer superpünktlich. Das ist auch so eine gute Eigenschaft von ihr.

Draußen war ein warmer und sonniger Sommertag, und so stiegen wir auf unsere Fahrräder, um baden zu fahren. Der See liegt nur wenige Kilometer von unserer Siedlung entfernt und schnell waren wir am Ziel. Es war gerade erst kurz nach zehn und weil wir Ferien hatten, gehörte der ganze Tag uns. Wir konnten tun und lassen, was wir wollten.

Am Strandbad erwartete uns kühles Wasser und – was die Sache noch angenehmer machte – ein italienischer Eisverkäufer! Als wir nach unserem ausgelassenen Radrennen am Ziel angekommen waren, klappte er gerade die Fensterläden seines rot-weiß-grünen VW-Busses auf und hängte die Eis-Fahne heraus.

„Also, Pille, du kannst sagen, was du willst", seufzte Palle und stieß mich in die Seite, „ich brauch' jetzt erst mal ein Eis!"

Ich nickte. Auch mir war der Mund trocken geworden. Nach dem schnellen Geradel lief mir ganz ordentlich der Schweiß. Deshalb hatte ich gegen je eine Kugel Vanille-Schoko-Erdbeere auch nicht das Geringste einzuwenden. So wurden wir für den Eismann die ersten Kunden an diesem Tag.

Schleckend und leckend und unsere Fahrräder mit einer Hand neben uns herschiebend, schlenderten wir zum Strand. Und sahen, dass auch Erik und David schon eingetroffen waren. Ihren nassen Haaren nach zu urteilen, waren sie schon im Wasser gewesen.

„Wir sind schon seit acht Uhr hier", verkündete David, als wir uns neben ihren Decken hingesetzt und unsere Badesachen rausgeholt hatten.

„Das ist nichts für mich", entgegnete ich kopfschüttelnd, „in den Ferien sooo früh aufzustehen! Mir reicht es schon während der Schulzeit!"

David zuckte mit den Schultern. Dann sprang er auf und gab dem Ball, der neben ihm gelegen hatte, einen kräftigen Tritt. Damit wollte er wohl zeigen, dass es nun Zeit sei für ein kleines Spielchen am Strand.

Also spielten wir einige Zeit auf dem heißen

Sand Volleyball und je länger wir spielten, umso mehr schielte ich nach dem kühlen Seewasser. Ich freute mich darauf, bald darin einzutauchen und mich abzukühlen.

Dass daraus nichts werden würde, konnte ich ja nicht wissen. Überhaupt konnte ich nicht wissen, welch abenteuerliche Geschichte an diesem frühen Vormittag an diesem Strand mit meinen Freunden ihren Anfang nehmen würde. Es sollte aber nicht mehr lange dauern, bis die Dinge ihren Lauf nahmen und alles anders kommen würde als gedacht.

Es begann schließlich, als David den Ball so schräg in Richtung Ufergürtel warf, dass er im Schilf verschwand.

„Wer holt ihn zurück?“, fragte Erik. Niemand antwortete. Und niemand machte Anstalten, sich um den Ball zu kümmern. Da Palle am dichtesten an der Stelle stand, wo der Ball verschwunden war, maulte sie schließlich kurz herum und stapfte dann protestierend ins Schilf.

Allerdings stoppte meine Freundin schon nach wenigen Metern, drehte sich zu uns um und machte ein fragendes Gesicht. Dann trat sie noch zwei, drei Schritte vor, um sich schließlich kopfschüttelnd hinzuhocken.

„Hey, seht euch das an!“ Palle fuchtelte wild mit ihren Armen herum und deutete ins Schilf. „Da liegt eine Schatztruhe! Eine echte Schatztruhe!“

„Ja, ja“, spottete David, „ganz sicher: eine *echte Schatztruhe …*“

„Ja!“, rief Palle. „– *Hicks* – Wirklich! Kommt doch her – *Hicks* – und seht es euch an!“

Also gut. Wenn Palle einen Schluckauf bekam, war es ernst. Sie bekam ihn nämlich immer dann, wenn sie sehr aufgeregt war. Also liefen wir in ihre Richtung, um uns die *Schatztruhe* anzusehen.

Erik war der Erste. Der Erste, der die Stelle erreichte, auf die Palle gezeigt hatte und an der sich – angeblich – die Schatztruhe befinden sollte. Und Eriks Gesichtsausdruck nach zu urteilen, schien dort tatsächlich etwas zu sein. Etwas, das es lohnte, näher untersucht zu werden. Also machten auch David und ich uns auf und liefen zu den beiden anderen.

Und dann sahen auch wir sie. Es war tatsächlich eine Truhe. Eine alte, aber offenbar sehr gut erhaltene himmelblaue Holztruhe. Und sie steckte mit der linken Seite halb im Schlamm, während die andere Hälfte schräg nach oben ragte.

„Und?“, rief Palle, halb flüsternd, halb kreischend, „Hab ich es euch – *hicks* – nicht gesagt? Es ist eine echte Schatztruhe!“

„Nun ja“, entgegnete ich gelassen, „es ist zwar eine Truhe, das stimmt schon, aber ob es eine *Schatz*truhe ist, das müssen wir erst noch herausfinden.“

Palle machte ein grimmiges Gesicht. „Du meinst …“

Ich nickte. „Wenn du mich fragst, ist diese Truhe leer. Oder mit altem Zeug gefüllt. Mit Müll und Unrat. Oder einer toten Katze …“

„Ihhhh!“, schrie David auf.

„Na ja, muss ja nicht“, schob ich nach. „Ich denke, sie ist einfach leer. Leer und hohl und weiter nichts.“

Gemeinsam, vorsichtig und aus einem unbekannten Grund heraus auch leise, näherten wir uns der blauen Holztruhe. Für meinen Geschmack sah sie eindeutig zu gut erhalten aus, um wirklich einen Schatz zu enthalten. Aber man konnte ja nie wissen und in diesem Fall … warten wir's ab.

„Wer macht sie auf?“, fragte David und ich glaubte, so etwas wie Angst in seiner Stimme zu hören.

„Nun ja, ich denke, Palle macht sie auf“, entgegnete Erik. „Sie ist zwar ein Mädchen – aber schließlich hat sie die Truhe gefunden.“

Palle nickte stumm. Zweimal hickste sie. Dann stapfte sie geradewegs ins Schilf und auf die Truhe zu. Einen Augenblick lang zögerte sie. Dann griff sie nach dem Deckel, hob ihn an und … erstarrte.

Das große Los

In der himmelblauen Holztruhe war tatsächlich ein Schatz. Zumindest auf den ersten Blick schien es so, als sei es etwas sehr Wertvolles, was sich in ihrem Innern befand.

Nachdem Palle die Truhe geöffnet und große Augen gemacht hatte, hatten wir alle unsere Köpfe hineingesteckt und drängten uns nun alle vier um das geheimnisvolle Behältnis. Im Innern – völlig trocken – lag eine gläserne Kugel, bei der es sich wohl um einen Briefbeschwerer handelte.

Außerdem fanden wir eine antike und sehr gut erhaltene Taschenuhr mit Sprungdeckel, ein in Leder gebundenes Buch und: mehrere glänzende Münzen!

„Goldmünzen!“, hauchte David und streckte die Hand danach aus, um nach ihnen zu greifen.

„Finger weg!“, rief Palle empört. „Das ist – *Hicks – mein* Schatz!“

Maulend zog David seine Hand zurück.

„Hör mal“, schaltete ich mich ein, „hätte David nicht den Ball ins Schilf geworfen ...“

David nickte und auch Erik stimmte mir zu.

„Also“, fuhr ich fort, „wenn schon, dann gehört dieser Schatz uns allen - denn wir haben ihn alle zusammen gefunden. Weil wir alle zusammen Volleyball gespielt haben. Nicht du allein ...“

Palle tippte sich an die Stirn. „Das ist doch ungerecht“, beschwerte sie sich.

„Nein, das ist *fair*“, gab ich zurück.

Einige Zeit diskutierten wir noch herum und Palle tat beleidigt, aber schließlich wurden wir uns doch einig und fassten einen Beschluss: Wir würden den Schatz teilen. Und wir würden es so machen, dass jeder von uns einen der vier Gegenstände aus der Truhe bekam.

Palle bestand allerdings darauf, dass die - wie wir inzwischen ausgezählt hatten - acht Goldmünzen (ob es echtes Gold war, wussten wir natürlich nicht) zusammen gewertet wurden. Nur einer von uns würde sie bekommen. Alle acht. Und derjenige würde dann im wahrsten Sinne des Wortes *das große Los* gezogen haben. Glaubten wir.

David holte aus seinem Rucksack einen kleinen Notizblock, von dem er vier Zettel abriss und mit den Wörtern *Uhr, Buch, Kristallkugel* und *Goldmünzen* beschriftete. Dann faltete er die Zettel zusammen und warf sie in seine Baseball-Kappe. Jeder von uns zog einen heraus und als wir sie aufrollten, hielten wir alle den Atem an. Wer würde wohl die Münzen bekommen?

Ich bin ganz sicher, dass jeder von uns sich wünschte, das richtige Los, den richtigen Zettel gezogen zu haben. Ich auch.

Und dann hatten wir alle unsere Lose aufgerollt und wussten es. Dann wussten wir, wer was bekam. Erik und David konnte man die Enttäuschung deutlich ansehen. Und mir sicher auch …

Die Münzen bekam: Palle! Meine Freundin Palle war wirklich ein Glückspilz! David erwischte die Kristallkugel und Erik die Sprungdeckeluhr.

Ich dagegen hatte das größte Pech! Dachte ich damals zumindest. Denn ich bekam das alte Buch. Den Gegenstand aus der Truhe, der am wenigsten wertvoll zu sein schien. Und noch dazu den schäbigsten Eindruck machte.

„Nimm doch noch die Truhe dazu“, riet mir Palle, halb freundschaftlich, halb schadenfroh. „Die ist doch auch nicht schlecht.“ *Haha!*, dachte ich, *seeehr witzig! Was soll ich denn mit der Truhe, diesem alten Ding?*

*

Als ich am Nachmittag nach Hause kam, besah ich mir zum ersten Mal die lederne Schwarte etwas genauer. Das Buch war alt und machte einen zerlesenen Eindruck. Außerdem war es ziemlich dick. Und ich mochte keine dicken Bücher.

Das, was wir in der Schule lesen mussten, genügte mir eigentlich vollkommen. Und die paar Abenteuerromane und Jugendgeschichten, die mir meine Freunde zum Geburtstag geschenkt oder die ich zu Weihnachten von Oma und Opa bekommen hatte, waren allesamt von überschaubarem Umfang. Keines der Bücher hatte wohl mehr als 150 Seiten.

Dieses Buch hier aber schlug da völlig aus der Art: Wie ich nach einem Blick auf die letzte Seite feststellte, umfasste es nicht weniger als 1489 eng bedruckte Blätter! Was für ein Wälzer!

Ja - was für einer eigentlich? In meiner Enttäuschung über das Ergebnis unserer Auslosung hatte ich mir bislang nicht einmal die Mühe gemacht, überhaupt nachzusehen, was für ein Buch das war und wer es geschrieben hatte. Es musste ein Mensch sein, der sehr viel Zeit und sehr viel zu erzählen hatte - bei 1489 Seiten!

Nun, einen Verfassernamen fand ich nicht. Aber den Titel des Buches kannte ich. Meine Enttäuschung verschwand allerdings dadurch nicht: Bei dem Buch handelte es sich um nichts anderes als eine Bibel. Eine alte, lederne Bibel.

Ratlos, was ich mit diesem alten Stück anfangen sollte, klappte ich es wieder zu. Dann stellte ich es, ohne weiter darüber nachzudenken, in mein Buchregal neben einen Kinderkrimi, den Palle mir im vorigen Jahr geschenkt hatte.

Anschließend holte ich mir ein Eis aus dem Gefrierschrank (schon das zweite heute!) und schlenderte in den Garten. Dort legte ich mich in die Hängematte, baumelte in der Sonne hin und her und ließ mir dabei mein Eis schmecken. Bald darauf war ich eingeschlafen.

*

Als ich aufwachte, war es bereits Abend geworden und dunkle Wolken waren aufgezogen. Es würde sicher Gewitter geben.

Langsam ließ ich mich aus der Hängematte gleiten und schlich ins Haus. Mein Kopf tat weh und mir war übel. Woran es lag, wusste ich nicht. Vielleicht am Eis oder an der Bockwurst, die ich mittags am Strand gegessen hatte? Aber eigentlich war mir das in diesem Moment auch vollkommen egal.

Drinnen klapperte Geschirr und Besteck. Mein Vater war mit dem Decken des Abendbrottisches beschäftigt. Als ich bei Papa vorbeischlich, strubbelte er mir sacht über den Kopf.

„Hm", brummte er dabei. Dann noch mal: „Hm." Seine Miene verfinsterte sich. „Ich glaube, du hast Fieber", stellte er schließlich fest und schickte mich geradewegs ins Bett.

Nun, dazu brauchte ich keine besondere Aufforderung. Jedenfalls nicht an diesem Tag. Ich war vollkommen schlapp und fertig und fühlte mich elend. Und das trotz meines langen Mittagschläfchens in der warmen Augustsonne im Garten unseres Hauses.

Was war nur mit mir los?

Das Letzte, woran ich dachte, bevor ich an diesem Abend in einen unruhigen Schlaf fiel, war die himmelblaue Schatztruhe. Ich hatte sie im Schilf zurückgelassen und mir keine Gedanken mehr über sie gemacht.

Ein Dieb wird gefasst

Am nächsten Morgen hatte ich noch immer Fieber. Nachdem ich meinem Vater erzählt hatte, wo ich am Vortag mein Mittagsschläfchen gehalten hatte, stand die Diagnose schnell fest: Sonnenstich! Papa meinte, mir wäre der stundenlange Hängemattenschlaf in der prallen Sonne ganz und gar nicht bekommen. Als Therapie verordnete er mir einen Tag Bettruhe. Mindestens. Außerdem musste ich Unmengen von Tee trinken und mir kalte Tücher auf die Stirn legen.

*

Am Nachmittag meldete sich Palle bei mir. Sie hatte sich gewundert, dass ich heute nicht am See gewesen war – nun bekam sie die Erklärung dafür.

Meine Freundin hatte einiges zu berichten: Vor ein paar Stunden war sie bei einem Geschäft gewesen, das mit Briefmarken und Münzen handelt. Dort hatte sie die acht goldenen Talerchen auf den Tisch gelegt und gefragt: „Was sind denn das genau für Münzen?“

„Stell dir vor“, erzählte mir Palle begeistert, „der Mann aus diesem Laden meinte, es seien österreichische Golddukaten. Sie seien schon fast hundert Jahre alt und jede der Münzen knapp hundertfünfzig Euro wert! Das macht – *Hicks* – tausendzweihundert Euro insgesamt!“

„Tausendzweihundert Euro!“, murmelte ich vor mich hin. Hatte Palle ein Glück! „Hört sich nicht schlecht an“, sagte ich schließlich.

„Stimmt. Aber eigentlich ist mir der Preis egal, viel wichtiger finde ich, dass es sich um so schöne alte Stücke handelt!“

„Hm“, knurrte ich, „du willst sie nicht verkaufen?“

„Neee“, knurrte Palle, „die behalte ich. Und verkaufen geht auch gar nicht. Der Ladenbesitzer hat gemeint, ich wäre noch nicht volljährig – *Hicks* – und deshalb dürfe er keine solchen Geschäfte mit mir machen.“

„Und nun?“

„Hm – ich werde mal sehen. Vielleicht ... vielleicht erzähle ich meinen Eltern von den Münzen. Vielleicht kauft Papa mir eine Vitrine. Mit Beleuchtung. Da lege ich sie rein und freu' mich dran.“

Palle wollte ihren Eltern von den Münzen erzählen? Wenn das mal eine gute Idee war, dachte ich. Die Erwachsenen sind ja manchmal schnell dabei, einem den Spaß zu verderben. Möglicherweise würden Palles Eltern darauf bestehen, dass wir unseren Schatz in ein Fundbüro brachten?

Gut, Palle und die anderen würde es sicher härter treffen als mich mit meiner alten Bibel (ich warf einen kurzen Blick hinüber zum Buchregal) – aber dennoch war sie *mein* Anteil am Schatz. Und den wollte ich ungern wieder hergeben.

*

Kurz vor 18 Uhr erlaubte mein Vater mir, dass ich wieder aufstehen durfte. Und da es mir schon wieder ziemlich gut ging, durfte ich ihn zum Einkaufen begleiten.

Im Allgemeinen fuhren wir zum Supermarkt in der Neumannstraße. So auch heute. Papa parkte unser Auto ziemlich dicht am Eingang und ich holte einen Korbwagen. Da Papa noch Fiebertabletten aus der Apotheke gegenüber besorgen wollte (*für alle Fälle*, wie er sagte), betrat ich den Supermarkt zunächst allein. Wie immer begann ich damit, unsere Einkaufsliste abzuarbeiten. Ich holte Brot und Tomaten und Eier und Mehl.

Irgendwann kam ich zu dem Regal, in dem Batterien, Streichhölzer und Kerzen lagen. Dort stand ein Junge aus unserer Schule. Ein Großer. Langer. Einer, der Palle und mir und den anderen nicht gerade als der netteste und freundlichste bekannt war.

Gemeinsam mit einem seiner Kumpels hatte er uns schon mehrmals geärgert. Und Erik hatte er sogar fast mal verhauen! Er war ein paar Klassen über mir und ich hatte keine Lust, mich mit ihm anzulegen oder auch nur von ihm gesehen zu werden.

Schnell drehte ich mich weg, schob meinen Wagen einen Gang weiter und beobachtete den Langen vorsichtig durch eine Lücke zwischen Zucker und Kochbeutelklößen. Irgendwie erschien mir der Lange verdächtig. Und irgendetwas sagte mir, dass er was im Schilde führte, was nicht ganz sauber war. Die Art, wie er sich nach allen Seiten umsah, sein angespannter Gesichtsausdruck – all das waren deutliche Zeichen, dass hier etwas Illegales, etwas Verbotenes vor sich ging.

Es dauerte auch keine halbe Minute, da flitzte ein kleiner, dicklicher Mann im Supermarkt-Kittel an mir vorbei. Der Mann schwenkte geradewegs in den Gang, in dem sich der Lange befand. Ungebremst stürzte sich der Dicke – offenbar der Marktleiter – auf den Jugendlichen und ergriff ihn am Schlafittchen.

„Hab ich dich erwischt, Bürschchen!", rief er und ich sah, dass er einen hochroten Kopf hatte. „Hier rotzfrech klauen, was? Dir werd' ich's zeigen!" Der Dickte drohte mit erhobener Faust.

„Aber ... ich ...“, stammelte der Lange.

Doch der Marktleiter winkte nur ab. „Erzähl mir nichts, ich kenne schon alle Ausreden. Und jetzt komm mit!“ Daraufhin stieß er ihn vor sich her in sein Büro. Es befand sich in der Nähe der Kassen und ich konnte alles durch eine große Glasscheibe beobachten. Klar, dass ich mir dieses Schauspiel nicht entgehen lassen wollte!

Da Papa noch immer nicht zurückgekehrt war, schob ich meinen Einkaufswagen vor das Zeitschriftenregal, schnappte mir irgendeine Illustrierte und tat so, als würde ich darin lesen. In Wirklichkeit jedoch beobachtete ich genau, was im Büro des Marktleiters vor sich ging.

Da der vergessen hatte, die Tür zu schließen, konnte ich das Geschehen nicht nur beobachten, sondern auch ein bisschen von dem verstehen, was gesprochen wurde. Und je mehr ich mitbekam, umso interessanter und merkwürdiger fand ich das Ganze.

Bedauerlicherweise legte mir nach ein paar Minuten eine der Verkäuferinnen ihre Hand auf die Schulter und fragte mich: „Na, Kleener, willste die Zeitschrift nu koofen oder nich? Lesen kannste gefälligst zu Hause!“

Erschrocken fuhr ich auf und schaute auf den Titel: *Die moderne Hausfrau!* Ich hatte seit zehn Minuten sogenannte *Pussy-Hänger* vor der Nase gehabt: fünf goldene Katzen, die als Schlüsselbrett dienen sollen. Daneben stand:

„Schwänzchen in die Höh für Ihre Schlüssel und Jacken“.

Wie peinlich! Schnell murmelte ich was von „Geschenk für Oma“ und legte das bunte Blatt zurück ins Regal. Im selben Moment tauchte Papa auf, stellte nach einem Blick in den Einkaufswagen fest, dass ich bereits alles eingeladen hatte, und zerrte mich zur Kasse.

Schade, dachte ich, *schade, dass ich das Ende des Schauspiels im Marktleiterbüro nun verpasse!* Aber auch so gab es noch genug zu erzählen. Palle würde Augen machen!

Klingelstreich mit Folgen

Palle staunte tatsächlich über meinen Bericht, den ich am nächsten Tag zum Besten gab. Da ich nun wieder rundum fit war und ich Papa versprochen hatte, nicht mehr ohne Kappe in die Sonne zu gehen, durfte ich zum See.

„Stell dir vor", erzählte ich meiner Freundin, während wir wenige Minuten später am Ufer entlangschlenderten, „der Marktleiter hat nichts beim Langen gefunden! Und das, obwohl ich genau gesehen habe, wie er eine Packung Taschenlampenbatterien unter seiner Jacke versteckt hielt!"

„Vielleicht hat er sie fallen lassen, als er den Marktleiter kommen sah. Oder später auf dem Weg ins Büro ..."

„Unmöglich", entgegnete ich kopfschüttelnd. „Als der Marktleiter auftauchte, war der Lange vollkommen überrascht. Der konnte gar nichts mehr machen. Und auf dem Weg ins Büro hat der dicke Mann den Jungen keine Sekunde aus den

Augen gelassen. Nein, nein“, ich schüttelte wieder den Kopf. „Irgendetwas stimmt hier nicht. Die Frage ist nur: Was?“

Palle zuckte mit den Schultern. „Interessante Geschichte. Aber offen gestanden habe ich zurzeit anderes im Kopf.“

„Aha“, brummte ich und ließ Palle deutlich spüren, dass ich beleidigt war. Was konnte denn wichtiger sein als diese Sensation: Ein Schüler unserer Schule auf frischer Tat beim Klauen erwischt!

„Ich bin nämlich auch beklaut worden“, fuhr Palle verärgert fort und riss einen abgeknickten Ast von einem Baum. „Und das finde ich ziemlich doof.“

„Du? Beklaut?“ Ich sah meine Freundin fragend an und hatte wirklich keinen Schimmer, was sie meinen könnte.

Palle nickte. Vorsichtig sah sie sich nach allen Seiten um. Gerade so, als fürchtete sie hinter irgendwelchen Büschen feindliche Lauscher. Dann hielt sie sich die Hand an den Mund und flüsterte: „Vorhin sind mir meine Münzen geklaut worden.“

Ich hob die Augenbrauen.

„WAS? Die Münzen aus dem Schatz? Wie denn? Wo denn?“

„Es war heute Vormittag. Meine Eltern waren nicht zu Hause und da hatte ich mich auf unsere Terrasse gesetzt – die Münzen vor mir auf dem

Tisch. Wollte sie mir noch einmal im Sonnenschein ansehen. Und dann ..."

„Was dann?"

„Es hat geklingelt und ich bin ins Haus und zur Tür. Als ich aufgemacht habe, war aber niemand da. *Olle Klingelstreicher* hatte ich noch gedacht, mir ein Glas Limo geholt und war dann wieder auf die Terrasse zurück."

„Und?"

„Und da waren meine Münzen weg! Spurlos verschwunden. Ich habe unter dem Tisch nachgesehen, ich habe auf dem Stuhlkissen nachgesehen. Nichts. Einfach weg!"

Ungläubig schüttelte ich den Kopf. Das war ja wirklich ein starkes Stück. Palles Münzen weg!

Einen Moment lang dachte ich nach. Dann hatte ich eine Idee. „Und wenn es eine Elster war?"

Palle schüttelte den Kopf. „Nee."

„Aber Elstern tun so etwas manchmal. Man sagt ja nicht umsonst *diebische Elster* ..."

„Ja, ja, das weiß ich ja. Und ich hatte auch erst an eine Elster gedacht. Aber es war keine Elster."

„Und woher, bitteschön, willst du das wissen?"

Palle sah mich mit großen Augen an. „Weil ich weiß, - *Hicks* - *wer* es war."

„Und?", fragte ich zurück. Wenn Palle einen Schluckauf hatte, war es ernst. „Wer war es also?"

Palle blies die Backen auf und ließ die Luft dann langsam wieder heraus. „Gregor - *Hicks* - Posch“, sagte sie schließlich. „Gregor Posch war’s ...“

„Gregor Posch?“, fragte ich ungläubig. *„Der* Gregor Posch?“

Palle nickte und ich wusste nicht, ob ich lachen oder weinen sollte. Gregor Posch war einer aus genau der Clique, zu der auch der Lange aus dem Supermarkt gehörte.

Gregor Posch war einer aus unserer Schule, der schon ein paar Ehrenrunden gedreht hatte und nun mit achtzehn noch immer die Schulbank drückte. Wobei er - soviel ich wusste - ab Herbst eine Lehre beginnen würde. Irgendwas Handwerkliches, hatte ich läuten gehört, aber ich wusste nicht, ob es tatsächlich stimmte. Was ich aber wusste, war: Bei Gregor Posch musste man mit allem rechnen. Mit ihm war nicht zu spaßen. Und der hatte Palles Münzen geklaut?

„Und woher weißt du das? Ich meine, dass er es war?“

Palle schaute sich wieder verschwörerisch um und hielt die Hand an ihren Mund. „Weil ich ihn gesehen habe. Mit den Münzen!“

Ich sah Palle fragend an. „Wo?“

„An der Straßenbahnhaltestelle. Er saß im Wartehäuschen und besah sich die Münzen. - *Hicks* - Meine Münzen!“

„Wann war denn das?“

„Ungefähr eine halbe Stunde nach dem Diebstahl. Ich hatte mir mein Rad geschnappt und wollte eigentlich zu dir. Und an der Haltestelle saß er dann. Mit meinen Golddukaten!"

Das war wirklich ungeheuerlich! Posch musste über die Hecke gesprungen und so in den Garten von Palles Eltern gekommen sein.

„Und was hast du gemacht, als du ihn an der Haltestelle gesehen hast?"

Palle zuckte mit den Schultern. „Was hätte ich denn machen sollen? Ihm eine reinhauen? Ich bin ein Mädchen! Außerdem ist der viel älter und mindestens - *Hicks* - zehnmal so stark wie ich ..."

Da hatte Palle wohl recht. Gregor Posch war ein Koloss. Ein kräftiger Jugendlicher, mit dem man sich besser nicht anlegte.

„Vielleicht hättest du ihn auch ansprechen können. Ihm sagen können, dass das *deine* Münzen sind."

„Pille!" Meine Freundin zeigte mir einen Vogel. „Der hätte mich doch ausgelacht! Nie und nimmer gibt der zu, dass er die Münzen geklaut hat. Und beweisen ..."

„... kannst du ihm nichts", beendete ich Palles Satz. „Und nun?"

Palle warf den Zweig davon, mit dem sie während ihres Berichts ständig herumgefuchtelt hatte. Dann strahlte sie mich an, und alle Traurigkeit über den Verlust der Golddukaten schien ebenso verschwunden zu sein wie ihr Schluckauf. „Wir werden uns die Münzen zurückholen!“

*

Inzwischen hatten wir unseren Spaziergang um den See fast beendet. Wir waren an der Stelle angekommen, an der wir vorgestern die Truhe gefunden und liegen gelassen hatten. Ein Blick genügte, um festzustellen, dass sie verschwunden war.

„Hm“, brummte Palle. „Sie ist weg …“

Ich nickte und machte dann einen langen Hals, um herauszufinden, ob sie Wind und Wellen vielleicht irgendwo ins dichtere Schilf getrieben hatten. Aber das war nicht der Fall.

„Außerordentlich merkwürdig“, wiederholte Palle, aber ich zuckte mit den Schultern. Im Grunde konnte sie jeder Spaziergänger entdeckt und mitgenommen haben. So schlecht war ihr Zustand ja nicht gewesen. Oder andere Kinder waren gekommen und hatten sie aus dem Wasser gezogen und weggeschleppt.

Schließlich entschieden wir uns, die Sache als nicht wirklich wichtig zu betrachten, und nahmen uns vor, bei nächster Gelegenheit noch Erik und David zu befragen. Vielleicht war ja auch einer von ihnen zurückgekehrt und hatte die Truhe geholt.

Ansonsten aber war uns der himmelblaue Kasten eigentlich ziemlich schnuppe. Wichtig war ihr Inhalt, und den besaßen wir ja nun. Bis auf Palles Münzen. Aber die würden wir zurückholen. Und Palle schien auch schon einen Plan zu haben, wie das passieren sollte.

Ein genialer Plan

Am nächsten Tag – es war Samstagvormittag – erreichte mich in den frühen Vormittagsstunden die nächste schlechte Nachricht: Wir saßen gerade am Frühstückstisch, als Papas Mobiltelefon klingelte. Nach einem Blick auf die Uhr und einem Schulterzucken nahm er das Gespräch an.

Einige Zeit lauschte er schweigend in das Gerät, brummte hin und wieder vor sich hin und nickte schließlich, was der Teilnehmer am anderen Ende der Leitung jedoch nicht sehen konnte.

„Also gut“, sagte mein Vater, „ich komme.“ Dann legte er auf.

„Was ist passiert?“, fragte ich.

Papas Gesichtsausdruck ließ nichts Gutes ahnen.

„Es war Onkel Bernd“, antwortete er langsam. „Er hat mich gebeten, heute zwei seiner Fahrschüler zu übernehmen. Es hat ... nun, es hat einen Unfall gegeben.“

Ich hielt den Atem an. Onkel Bernd ist Papas Fahrlehrerkollege. „Ist Onkel Bernd verletzt?“

Papa schüttelte den Kopf. „Es ist nicht Onkel Bernd, der den Unfall hatte, sondern ...“, mein Vater blickte mir in die Augen. „Es ist Erik.“

In diesem Moment bekam ich einen riesigen Schrecken, sag ich dir! Ich merkte, wie mir tausend Gedanken durch den Kopf schossen. Was war passiert? Erik war der Sohn von Onkel Bernd und ich hoffte, dass alles nicht so schlimm war. In so einem Moment geht einem ja alles Mögliche durch den Kopf ...

„Er hat sich seine rechte Hand und den Unterarm ziemlich übel aufgeschürft“, erklärte Vater. „Er hat wohl keine schweren Verletzungen davongetragen, aber er muss zum Verbinden ins Krankenhaus, und Onkel Bernd will ihn hinfahren.“

Ich nickte nur. Noch immer konnte ich nichts sagen.

„Onkel Bernd sagt, Erik hätte etwas aus einem Gully holen wollen, was ihm dort hineingefallen war. Eine Taschenuhr oder so was.“ Papa schüttelte den Kopf.

„Aus einem Gully mitten auf der Fahrbahn!“, fuhr Papa fort. „Bei dem Versuch, die Uhr aus dem Gully zu holen, ist er mit seinem Arm darin stecken geblieben. Er hat dann wohl vorsichtig versucht, den Arm wieder rauszukommen, aber als ein Auto auf ihn zugefahren kam, kriegte er es mit der Angst zu tun und riss sich mit einem mächtigen Ruck los. Dabei hat er sich ganz schöne Wunden zugezogen."

Papa sah erneut auf seine Uhr, schob sich schnell den Rest seines Salamibrötchens in den Mund, strubbelte mir durchs Haar und verließ dann das Haus. Von draußen winkte er mir noch kurz durchs Terrassenfenster zu und war dann in seinem Fahrschulwagen verschwunden und schnell davongebraust.

Normalerweise war Papa am Samstag ja den ganzen Tag über zu Hause. Als selbstständiger Fahrlehrer konnte er sich seine Arbeitszeit frei einteilen – und Papa arbeitete normalerweise nur von Montag bis Freitag. Onkel Bernd und er hatten ihrer Fahrschule den bezeichnenden Namen *Freundlich* gegeben und führten sie gemeinsam.

Onkel Bernd, Eriks Vater also, nahm oft Fahrschüler an, die wochentags keine Zeit hatten. Die freuten sich dann, dass es eine Fahrschule gab, bei der sie auch samstags Autofahren lernen konnten.

Und um genau diese Schüler musste sich nun mein Vater kümmern. Sonst würde es Ärger geben. Und Ärger konnte sich kein selbstständiger Unternehmer leisten, hatte Vater mir einmal erklärt.

Meine Gedanken wanderten zu Erik. Der arme Kerl schien ein Pechvogel zu sein. Erst fiel ihm seine schöne Taschenuhr in einen Gully und dann riss er sich beim Versuch, sie rauszuholen, den ganzen Arm auf.

Komisch, dachte ich. *Komisch, dass es mit den Schätzen aus der Truhe bisher keine rechte Freude, sondern nur Ärger gegeben hat: Palle klauen sie ihre Münzen weg, Erik erwischt es am Arm ...*

Nur ich hatte bisher keinen Ärger. Abgesehen davon, dass ich mit der alten Bibel nichts anzufangen wusste. Dass sich das allerdings noch gehörig ändern sollte, konnte ich zu diesem Zeitpunkt noch nicht wissen. Ich hatte keine Ahnung, welche erstaunlichen Begegnungen und Erlebnisse mir schon in Kürze bevorstehen sollten ...

*

Als ich mit dem Frühstücken fertig war, kümmerte ich mich zuerst einmal um den Abwasch. Dann gab ich Darwin sein Futter und holte mir anschließend mein Fahrrad aus der Scheune.

Auf direktem Weg fuhr ich später zu Palles Haus. Wir hatten für den heutigen Tag viel vor. Schließlich durften wir keine Zeit verlieren, um die Golddukaten von Gregor Posch zurückzuholen. So schnell würde er sie wohl noch nicht verkauft haben.

Und – so viel war klar – wir hatten nur so lange eine Chance, solange er die Münzen noch besaß.

Das hieß: Wir mussten sofort handeln. Nächste Woche wäre es sicher schon zu spät.

Als ich bei Palle eingetroffen war, begann ich, ihr zunächst einmal zu berichten, was Erik passiert war, aber Palle wusste bereits Bescheid. Nun ja, in einem Dorf blieben Dinge wie diese selten lange geheim.

Wir nahmen uns vor, Erik nachher zu besuchen. Nachher, wenn wir unseren Coup ausgeführt hatten. Nachher, wenn wir die Münzen zurückhatten.

Aber, ganz ehrlich, das mit dem Zurückholen der Münzen war keine leichte Sache. Wir mussten dafür einiges riskieren. Eigentlich konnten wir unseren Plan auch nur schmieden, weil Palle gestern am späten Abend etwas sehr Interessantes beobachtet hatte: Weil sie vor Aufregung nicht hatte einschlafen können, war Palle gegen 23 Uhr noch einmal heimlich nach draußen geschlichen.

Danach war sie auf dem kürzesten Weg zum Haus von Gregor Posch gelaufen. Was genau sie dorthin getrieben hatte, wollte sie nicht sagen, aber sie hatte das Gefühl, etwas Wichtiges herausfinden zu können.

Und so war es schließlich auch: Gregor Posch saß um diese späte Stunde noch in seinem hell erleuchteten Zimmer im ersten Stock des Hauses seiner Eltern an seinem Schreibtisch. Im Schein seiner Schreibtischlampe und mithilfe einer großen Lupe betrachtete er genüsslich Palles Münzen.

„Ich hätte platzen können vor Ärger“, meinte Palle, als sie mir schilderte, wie Gregor seine Beute anhimmelte und dabei hämisch grinste.

„Und dann kam mir *der* Gedanke!“, sagte sie. „In diesem Moment wusste ich, wie ich meine Münzen zurückbekommen konnte!“ Palle lächelte verschwörerisch und erzählte mir dann, wie sie sich die Sache gedacht hatte. Und ich muss sagen: Ihr Plan war nicht schlecht!

*

Um unseren Plan in die Tat umzusetzen, mussten wir zunächst ein paar Hilfsmittel besorgen. Hilfsmittel, die wir aus dem Einkaufszentrum holen wollten. Also setzten wir uns in den nächsten Bus und fuhren ins Pankower Zentrum. Palle hatte eine genaue Liste der Dinge gemacht, die wir unbedingt brauchen würden. Während der Fahrt las sie mir die Liste vor: „Ein Springseil. Ein Erbsengewehr. Einen Schwuppsauger. Eine Anstellleiter. Und eine Mickymaus-Maske.“ Palle grinste.

„Was ist ein Schwuppsauger?“, fragte ich vorsichtig.

„Ein Schwuppsauger“, erklärte mir meine Freundin, „wird auch *Gummipümpel* genannt. Es ist so eine Art Saugglocke, mit der man verstopfte Abflüsse freimachen kann.“

„Du meinst so ein Gummiding mit einem Holzstiel?"

Palle lachte. „Ja, genau so ein Ding."

„Und wozu brauchen wir das? Ich meine, du hast mir deinen Plan ja schon erläutert, aber von einem ..."

„... Schwuppsauger", kam mir Palle zur Hilfe.

„Genau! Also von einem Schwuppsauger hast du nichts erwähnt."

Palle nickte. „Ist mir auch eben erst eingefallen. Das Teil brauchen wir für den Fall der Fälle. Aber wart's ab – du wirst schon sehen."

Nachdenklich schaute ich aus dem Fenster des Busses. Die Sache würde nicht einfach sein. Es war ein Abenteuer! Einen Moment lang dachte ich darüber nach, ob das, was wir vorhatten, vielleicht sogar kriminell war. Aber in diesem Augenblick erreichte der Bus auch schon die Haltestelle am Einkaufszentrum und wir mussten aussteigen.

Auf frischer Tat ertappt

Im Einkaufszentrum steuerten wir als Erstes die Spielwarenabteilung an, um uns die benötigte Mickymaus-Maske zu besorgen. Glücklicherweise war gerade keine Faschingszeit, denn dann sind Masken und solche Sachen immer besonders teuer. Jetzt, im Sommer, war der Preis mit knapp fünf Euro da noch recht okay. Das benötigte Springseil bekamen wir ebenfalls bei den Spielwaren.

Anschließend liefen wir hinüber in die Heimwerkerabteilung und besorgten uns ein Exemplar dieser drolligen Schwuppsauger. „Eine Leiter kann ich mir aus unserem Schuppen holen", meinte Palle. „Meine Eltern werden es bestimmt nicht merken, wenn ich sie für zwei, drei Stunden ausborge."

Ja, ja, unsere Eltern, dachte ich bei mir. Das war auch so eine Sache für sich. Ob es klug gewesen war, ihnen nichts von unserem Schatz zu erzählen? Ich wusste es nicht. Aber jetzt war es wohl zu spät. Jetzt mussten wir die Suppe auslöffeln, die wir uns selbst eingebrockt hatten.

Schnell hatten Palle und ich alles zusammengesucht; alle Punkte auf unserer Liste waren abgehakt. Also machten wir uns auf den Weg zu den Kassen, um die Sachen zu bezahlen.

Als wir bei den Süßigkeiten vorbeikamen, knurrte mein Magen so laut wie ein trötender Elefant.

„Hast wohl Hunger?“, lachte Palle.

Ich strich mir über den Bauch. „Klingt fast so.“ Einen Moment lang überlegte ich, ob ich mir von meinem Taschengeld eine Tafel Schokolade oder eine Tüte Gummibärchen leisten sollte. Oder, was noch besser wäre: eines meiner geliebten Überraschungseier.

Fast hatte ich mich entschieden, da fiel mein Blick auf einen der Kunden am Schokoladenregal. Auf einen Kunden, den ich sehr genau kannte: Es war der Lange, den sie vor ein paar Tagen im Supermarkt beim Klauen erwischt hatten. Der, bei dem sie nichts gefunden hatten ...

Ich zupfte Palle am Ärmel und wies meine Freundin auf meine Entdeckung hin.

Leise pfiff Palle durch die Zähne, als sie erkannte, was ich meinte. „Ob der schon wieder ...?“

Ich antwortete nicht auf Palles Frage. Gebannt starrte ich auf den Langen, der sich nach

SONDE
NUR 5€

allen Seiten umsah und nervös an seiner Jeansjacke herumfummelte.

„Wieso hat der bei dem Wetter überhaupt 'ne Jacke an?", fragte Palle flüsternd. „Draußen sind doch mindestens 25 Grad!"

Ich antwortete noch immer nicht. Stattdessen versteckten wir uns hinter einer Palette Aufbackbrötchen und hofften, dass der Lange uns nicht sehen würde.

Im nächsten Moment schrie Palle auf. Wie von der Tarantel gestochen schnellte sie zur gegenüberliegenden Regalseite. Um ihre Füße herum hüpfte ein weißer Pudel mit Schleife im Haar.

„Ganz ruhig, Mädchen!", hörte ich es hinter mir rufen. „Bleib ganz ruhig! Die Alice ist eine ganz Liebe. Die will nur spielen!"

Hoffentlich weiß der Hund das auch, dachte ich bei mir und sah, wie die arme Palle mit zerknirschtem Gesichtsausdruck die Liebkosungen der Pudeldame über sich ergehen ließ.

Irgendwann kam ihr Frauchen dann endlich am Ort des Geschehens angedackelt, grinste uns zu und verschwand rasch samt ihrer aufdringlichen Vierbeinerin in Richtung Tierfutterabteilung.

Palle atmete erleichtert auf. „Mann oh Mann!"

„Sie wollte doch nur spielen", wiederholte ich die Erklärung der Hundebesitzerin und klopfte Palle kameradschaftlich auf die Schulter.

„Nun lass uns aber - *Hicks* - zur Kasse gehen",

entgegnete sie noch immer ein wenig verängstigt.

Als wir uns umdrehten, sahen wir plötzlich, wie der Lange von einem Mann, der ohne Zweifel ein Kaufhausdetektiv war, verhaftet und weggeführt wurde.

„Oh Mann", flüsterte Palle, „der - *Hicks* - hat es doch tatsächlich wieder gemacht!"

Staunend nickte ich und wusste gar nicht, was ich sagen sollte.

„Nichts wie hinterher!", rief Palle. „Mal sehen, was sie mit - *Hicks* - Lindner machen!"

„Lindner?", fragte ich, während wir vorsichtig die Verfolgung aufnahmen. Dem Detektiv und dem Dieb hinterher.

„Mark Lindner", erklärte Palle im Gehen und wies auf den Langen, der vom Kaufhausspion am Kragen festgehalten durch die Regalreihen geschoben wurde. „Mark Lindner - so heißt der Junge."

Ich nickte. Irgendwo hatte ich den Namen schon einmal gehört, aber ich wusste nicht mehr genau, wann und wo.

Wenig später erreichten wir den Kassenbereich. Der Detektiv schob Lindner durch eine offen stehende Tür in einen Seitenraum und drückte ihn, wie wir sehen konnten, auf einen Holzstuhl, der vor einem Schreibtisch stand. Er selbst nahm auf der anderen Seite des Tisches Platz und grinste Lindner breit an.

Es schien wohl üblich zu sein, dass sich die Büros der Marktleiter und der Kaufhausdetektive stets in der Nähe der Kassen oder des Ausgangs befanden. Und es schien wohl auch üblich zu sein, die Tür zum Ladenraum offen zu lassen.

Die Frage war nur, ob das sehr klug war. Schließlich musste man doch immer mit einer Flucht des erwischten Diebes rechnen, oder? Und so eine offene Tür würde einen Ausreißversuch ganz sicher erleichtern …

„Wir müssen näher ran“, raunte Palle mir zu. „Von hier aus verstehen wir nicht, was gesprochen wird.“

Palle hatte recht. Und wie es aussah, würde es nicht allzu schwierig sein, sich in die Nähe des Detektivbüros zu schleichen. „Also los“, sagte ich, griff nach dem Schwuppsauger, den ich neben mir abgestellt hatte, und bewegte mich mit Palle vorsichtig bis kurz neben die Bürotür. Hier konnten wir Lindner und den Detektiv zwar nicht mehr sehen, dafür aber umso besser hören.

„Es gibt keine Märchen und keine Ausreden, die ich nicht schon kenne“, hörten wir den Kaufhausdetektiv gerade sagen, „gleich werden wir sehen, was du geklaut hast. Also: Jacke her!“

„Aber glauben Sie mir doch, ich habe nichts gestohlen!“ Das war Lindner.

„Jacke her, hab ich gesagt!“

Man hörte, wie Lindner seufzte und kurz darauf seine Jacke auszog.

„Klauen wie die Raben!", schimpfte der Detektiv vor sich hin, „und dann spielen sie das Unschuldslamm. Ihr seid doch alle gleich!"

Ein paar Augenblicke lang hörten wir, wie verschiedene Reißverschlüsse geöffnet wurden. Dann befahl der Detektiv: „Los, und jetzt die Hosentaschen ausleeren!"

Plötzlich fiel etwas auf den Boden.

„Was ist denn das?", fragte der Kaufhausdetektiv.

Palle warf mir einen vielsagenden Blick zu: „Jetzt haben sie ihn", flüsterte sie.

Ich antwortete nicht, sondern legte nur einen Finger an den Mund als Zeichen, leise zu sein. Jetzt wurde es spannend!

„Ein Holzfisch?", fragte der Detektiv erstaunt.

„Der gehört mir", antwortete Lindner. „Ich habe ihn geschenkt bekommen."

Der Detektiv seufzte laut. „Ja, ja, der ist sicher nicht von uns. Ich wundere mich nur, was ihr jungen Leute so alles bei euch tragt."

„Es ist ein ... ganz besonderes Symbol", entgegnete Lindner. „Nicht nur ein einfacher Fisch, sondern ..."

„Ein Talisman?"

„Nein, nein. Ganz im Gegenteil."

„Hm. Na, ist mir egal!" Der Detektiv schien das Interesse an dem Holzfisch verloren zu haben. „Ich würde viel lieber erfahren, wo du das geklaute Zeug gelassen hast."

„Ich habe nichts geklaut", antwortete Lindner mit fester Stimme.

Der Detektiv lachte spöttisch auf. „Hör mal, mein Junge, ich habe dich genau beobachtet. Und ich habe gesehen, wie du dich an dem Süßwarenregal verhalten hast. Es war das typische Verhalten eines Ladendiebs!"

„Ich habe nichts geklaut", wiederholte Lindner seine Antwort und ich muss sagen, dass er ziemlich überzeugend klang.

„Hm", hörten wir den Detektiv brummen. „Hm."

Dann, im nächsten Augenblick, gab es einen lauten Knall, ein irres Scheppern und neben uns kullerten mindestens zwanzig Dosen Sprühsahne auf dem Boden umher. Sie waren aus dem Regal gefallen, gegen das Palle sich gelehnt hatte.

Beide standen wir da – gelähmt vor Schreck. Und es dauerte auch keine fünf Sekunden, bis der Kaufhausdetektiv seinen Kopf zur Bürotür hinausstreckte und uns einen bitterbösen Blick zuwarf. „Was macht ihr hier für einen Unsinn? Seht zu, dass ihr zur Kasse kommt, und dann ab nach Hause. Hier neben meinem Büro habt ihr nichts verloren! Und deshalb habt ihr hier auch nichts zu suchen!"

Palle hickste. Ansonsten blieben wir stumm und nickten nur.

Doch unsere Blicke schienen zwei Worte zu sprechen: *Zu Befehl!*

„Also“, drohte er mit erhobener Hand, „Husch-Husch!“

Mit dieser Anweisung schloss der Kaufhausdetektiv die Tür zu seinem Büro und wir trollten uns.

An der Kasse zahlten wir das Springseil, die Mickymaus-Maske und den Schwuppsauger und verließen dann auf dem schnellsten Weg das Einkaufszentrum.

Was aus Lindner wurde und ob der Detektiv ihn laufen gelassen hatte, erfuhren wir an diesem Tag nicht mehr. Die Antwort sollte aber nicht lange auf sich warten lassen ...

Aktion Schwuppsauger

Erik ging es zwischenzeitlich besser.

Nachdem Palle und ich unsere Einkäufe nach Hause gebracht und zunächst in Palles Schuppen versteckt hatten, waren wir mit unseren Fahrrädern zu den Hübners gefahren. Wir waren gespannt, was Erik zu erzählen hatte und wie er sich so fühlte. Sein Arm war mit einem dicken Verband umwickelt, aber unser Freund konnte auch schon wieder lachen.

„Du machst ja Sachen“, begrüßte ihn Palle und reichte dem Freund eine Tüte mit den Gummibärchen, die bekanntlich nicht nur Erwachsene froh machen.

Erik freute sich und strahlte über das ganze Gesicht. Er legte die Gummibärchentüte neben sich auf den Terrassentisch und winkte dann ab. „Ich hatte es mir leichter vorgestellt, die Uhr aus dem Gully rauszuholen – da war so ein Sieb drin, so tief war das gar nicht ...“

„Aber zu eng für deine Hand“, warf ich ein.

Erik nickte. „Als das Auto kam, hab ich einen riesigen Schreck bekommen. Ich dachte, der kachelt mich um. Da hab ich im wahrsten Sinne des Wortes rotgesehen und gedacht, nur weg hier, egal wie!“

Palle seufzte. „Hast du denn eigentlich deine Uhr inzwischen wieder oder liegt die noch in diesem Gully?“

Erik schüttelte betrübt den Kopf. „Nach dem ganzen Theater musste ich meinen Eltern ja erzählen, woher die Uhr stammte. Daraufhin hat mein Vater sie an das Fundbüro übergeben. Einer seiner Fahrschüler arbeitet dort ...“

„Du hast - *Hicks* - *was*?“, fragte Palle mit großen Augen. „Du hast tatsächlich deinen Eltern vom - *Hicks* - Schatz im Schilf erzählt?“

Offenbar sah sie ihre schönen Münzen auch schon ins Fundbüro wandern. Wobei: *Ihre* Münzen waren es im Moment ja eigentlich gar nicht. Im Moment befanden sich die guten Stücke in der Hand von Gregor Posch.

Erik winkte ab. „Keine Sorge! Ich habe nichts von den anderen Dingen in der Truhe erzählt. Nur von der Taschenuhr.“

Palle atmete erleichtert auf. Ihr schien ein Stein vom Herzen zu fallen.

Als Eriks Mutter auf der Terrasse erschien und uns jedem ein großes Glas Limonade hinstellte, verstummte unser Gespräch für einen Augenblick.

„Ich hab euch noch jemanden mitgebracht!“, sagte sie und lachte. Tatsächlich: Hinter ihr erschien David, der seinen Fahrradhelm noch auf dem Kopf hatte.

Gemeinsam stießen wir mit der Limo an und als Eriks Mutter wieder außer Sicht- und Hörweite war, erzählten wir David, dass sich ein Teilstück des Schatzes nun im Fundbüro befand. David hatte die gleichen Befürchtungen wie Palle – auch er wollte seinen Anteil gerne behalten. Aber damit gab es ja – zumindest im Moment – kein Problem.

Anschließend erzählten Palle und ich unseren Freunden von unserem Erlebnis im Einkaufszentrum. Die staunten nicht schlecht, als sie vom erwischten Mark Lindner hörten und den umgestürzten Sahnedosen. Und schließlich und endlich erklärte uns Palle ihren abenteuerlichen Plan. Den Plan, wie sie die Münzen zurückholen wollte.

David bekam einen roten Kopf, als er hörte, welche Rolle er in Palles Plan spielen sollte und was seine Aufgabe war. Schließlich beschlossen wir, die Aktion so schnell wie möglich durchzuziehen.

„Wir müssen zu einer Zeit zuschlagen, zu der Gregor Posch möglichst allein zu Hause ist“, erklärte Palle und schlug vor, gleich morgen früh loszulegen. „Seine Eltern verlassen morgens das Haus mit dem Gongschlag sieben Uhr und in den

Ferien pennt der dreiste Gregor bestimmt lange. Halb acht wäre also der ideale Zeitpunkt."

David machte ein süßsaures Gesicht und auch mir war nicht ganz wohl bei dem Gedanken. Dennoch versprachen wir beide, Palle zu helfen. Wir waren Freunde. Und unter Freunden war so etwas Ehrensache, oder?

*

Am nächsten Morgen standen wir schon eine Viertelstunde vor sieben hinter der großen Eiche, direkt gegenüber von Gregor Poschs Elternhaus. David versteckte sich einige Meter entfernt zwischen zwei Hagebuttenbüschen. Er hatte die Mickymaus-Maske bereits angelegt.

„Mann, siehst du drollig aus!", kicherte ich, aber David schien überhaupt nicht nach Witzen zumute zu sein ... Er nickte nur stumm und hob seinen Zeigefinger.

Palle hatte richtig recherchiert: Punkt sieben Uhr öffnete sich die Haustür. Herr und Frau Posch stiegen in ihren dunkelblauen E-Klasse-Mercedes, der vor dem Haus parkte, und brausten davon.

Meine Freundin Palle nickte. „Lass uns jetzt gleich unser Ding drehen", drängte sie. „Wir müssen schnell genug sein, bevor Gregor meine Münzen am Ende noch verkauft. Dann bin ich sie auf Nimmerwiedersehen los ..."

Ich sah hinüber zu dem Haus und zu dem

Fenster, hinter dem sich Gregors Zimmer befand.

„Aber wie willst du denn da reinkommen?", fragte ich skeptisch. „Das Fenster steht ja nicht offen! Es ist nur angekippt und jeder weiß, dass man es nur ganz öffnen kann, wenn man von innen den Riegel dreht und ..."

„Ja, ja, ja", winkte Palle ab, „das ist mir alles bekannt. Aber es gibt einen Trick. Und mit diesem Trick werden wir in Gregors Zimmer kommen."

„Einen ... Trick?"

Palle nickte und schwenkte mit dem Schwuppsauger. „Genau für diesen Fall haben wir dieses Ding hier."

„Hm", entgegnete ich. Dann noch einmal: „Hm." Ich verstand nur Bahnhof.

„Wart's einfach ab", riet mir meine Freundin. Dann winkte sie David heran, dem sie die Mickymaus-Maske zurechtrückte und noch einmal den genauen Ablauf erklärte. Mann oh Mann, ich muss schon sagen, Palle war ganz schön taff für ein Mädchen!

Und dann war es so weit: Palle stellte sich mit ihrem Erbsengewehr in Position und zielte auf die Scheibe des Fensters. Zweimal atmete sie ein und zweimal aus. Dann drückte sie ab.

Klack machte es und die Erbse prallte von der Scheibe ab.

Nichts geschah.

Palle hob die Augenbrauen, legte eine neue Erbse hinter das Gummiband, zielte erneut und ... *Klack*, wieder prallte das Geschoss gegen die Fensterscheibe von Gregor Poschs Zimmer.

Wir dachten schon, er würde es völlig ignorieren oder es gar nicht hören, als schließlich Poschs Kopf am Fenster erschien. Jetzt wurde es ernst. Jetzt kam Davids Einsatz.

Lässig stand David mit seinem Mickymaus-Kopf neben Gregors Fahrrad im Hof und winkte zu ihm hinauf. Dann bückte er sich und drehte die Ventile aus den Reifen des Rades.

Gregor stand oben mit offenem Mund am Fenster. Man konnte deutlich sehen, wie er den Atem anhielt und scheinbar nicht begriff, wie man sich eine derartige Dreistigkeit erlauben konnte.

Drei, vielleicht auch vier Sekunden stand der Jugendliche völlig regungslos an seinem Fenster. Es war totenstill. Selbst die Vögel schwiegen. Man hörte nur das leise Zischen der Luft, die aus den Fahrradreifen strömte. Dann plötzlich schrie Gregor laut auf, gab sich einen Ruck und verschwand vom Fenster.

„Türmen!", schrie ich David zu, der mit seiner Maske nickte und dann machte, dass er davonkam.

Im nächsten Augenblick war Gregor auch schon unten und rannte wie ein Wahnsinniger hinter David her. Dabei tobte er wild, wedelte mit den Armen und stieß unverschämte Drohungen aus.

Jetzt durften wir keine Zeit verlieren! Mit einem kühnen Schwung stellte Palle die Leiter an die Hausfassade und kletterte hinauf. Dann platschte sie den Schwuppsauger gegen die Scheibe und griff nach dem Springseil, welches sie sich um ihre Hüfte gebunden hatte. Sie ließ es oben durch die schmale Fensteröffnung gleiten. Eine Seite des Springseils hatte Palle zuvor zu einer kleinen Schlinge gebunden, mit der sie jetzt vorsichtig nach dem Fensterriegel angelte. So war das Seil bald um den Griff festgezogen.

Von Ferne hörte man das Gebrüll von Gregor Posch, der noch immer David hinterherjagte.

Palle drehte sich kurz um und sah in die Richtung, aus der das Gebrüll herüberschallte. Da noch keine akute Gefahr drohte, fuhr sie mit ihren Arbeiten fort. Palle drückte den Schwuppsauger gegen das Fensterglas, bis er fest daran haftete, und zog das Fenster dann zu. Anschließend zerrte sie an dem Springseil.

In diesem Moment begriff ich, warum sie das Seil um den Fenstergriff gewunden hatte: Durch das Ziehen am Seil - weil das Fenster ja jetzt geschlossen war - drehte sich der Riegel. So konnte Palle ihn in jene Position bringen, in der man das Fenster ganz normal und weit aufmachen konnte. Sie brauchte nur noch gegen die

Scheibe zu drücken und schon stand das Fenster weit offen.

„So einfach – *Hicks* – ist das“, flüsterte Palle von oben herunter. Dann stieg sie – ohne zu zögern – durch das offene Fenster in Gregors Zimmer.

Das ferne Gebrüll war mittlerweile verstummt und ich fragte mich, wie viel Zeit uns wohl noch blieb, bis Posch zurückkommen und uns bemerken würde. Ich war mir sicher, dass er uns in der Luft zerreißen würde, sollte er uns in die Finger bekommen.

Auf einmal wurde mir heiß und kalt. War es nicht kriminell, was wir hier taten? Waren Palles Münzen so wichtig, dass wir so etwas Gefährliches machten? War es richtig, auf Gregors miesen Diebstahl mit einem Einbruch zu reagieren?

Ich wusste es in diesem Augenblick nicht. Aber ich wusste doch, dass wir etwas Falsches taten. Und ich wusste, dass ich daran noch schwer zu knabbern haben würde.

Irgendwie ein Wunder

Mit einem kühnen Satz sprang Palle von der Leiter, landete neben mir auf dem Boden und hielt mir grinsend und hicksend das Beutelchen mit den Münzen vor die Nase. Doch wir hatten keine Zeit, uns lange darüber zu freuen. Wenige Sekunden später hatte Gregor Posch uns entdeckt!

Er war umgekehrt und begann nun, wie wahnsinnig zu schreien: „Ihr Gauner! Ihr elenden Giftzwerge! Was fällt euch ein? Was habt ihr gemacht?“

Gerade noch hatten wir die Leiter in einer Hecke verstecken können, bevor Gregor uns entdeckte. Sonst hätte er gleich ein Eins-a-Beweisstück für die Polizei. Aber wer weiß, vielleicht würde er die Leiter auch schon bald dort finden.

Egal, uns blieb keine Zeit, länger darüber nachzudenken. Wir mussten weg, denn Gregor kam völlig außer Atem von der – hoffentlich! – erfolglosen Jagd nach David auf uns zugelaufen.

„Nichts wie – *Hicks* – weg!“, rief Palle mir zu. Sie klemmte sich den Schwuppsauger unter den Arm, schnappte sich ihr Fahrrad und trat in die Pedale. Ich brauchte einen Moment länger, um den Schreck zu überwinden, der mir in den Gliedern saß. Schließlich riss ich mich zusammen, sprang ebenfalls auf meinen Drahtesel und fuhr los.

Um ein Haar hätte Posch mich noch erwischt, aber er schaffte es nicht. Ich war eine Zehntelsekunde schneller. Und sein Fahrrad würde er wegen der platten Reifen nicht für eine Verfolgung einsetzen können. Palle hatte wirklich an alles gedacht.

„Wartet nur“, brüllte Posch hechelnd hinter uns her. „Euch krieg ich noch! Ich kenne euch! Ihr könnt noch was erleben!“ Aber da waren wir schon auf und davon.

*

Eine Stunde später lag ich zu Hause auf meinem Bett und fühlte mich hundeelend. Am Hals merkte ich meinen Herzschlag und außerdem zitterte ich noch immer. Das, was wir getan hatten, war ein astreiner Einbruch gewesen! Eine Tat, für die es keine Entschuldigung gab. Wir waren nun Kriminelle! Diebe! Es war absolut falsch gewesen, was wir getan hatten. Wegen der Sache mit den Münzen hätte Palle mit ihren Eltern sprechen müssen. Oder mit Poschs Eltern.

Und ganz genau genommen hätte Palle die Münzen gar nicht behalten dürfen. Wir hätten den ganzen Schatz nicht behalten dürfen. Ein Fund gehörte ins Fundbüro und wie man sah, brachte es nur Scherereien, wenn man gegen das Gesetz verstieß.

So lag ich also da und rechnete jeden Augenblick damit, dass Gregor Posch oder seine Eltern kommen würden, um mich zur Rede zu stellen. Vielleicht ermittelte sogar die Polizei längst in dieser Sache. Bald würde sie mich abholen und einsperren!

Ich wusste nicht, was ich tun konnte, um meine Angst loszuwerden. Ich wusste auch nicht, was ich tun konnte, um mich zu beruhigen. Um auf andere Gedanken zu kommen. Um mich abzulenken. Vielleicht kennst du solche Momente ja auch?

Irgendwann stand ich auf, schlich zum Buchregal und griff nach der alten Bibel.

Die Bibel, dachte ich. *Mein Anteil am Schatz im Schilf. Mein Stück von unserem Fund in der Truhe. Warum hatte gerade ich das Los gezogen, mit dem ich das Buch bekam? Warum nicht Palle? Oder Erik? Oder David? Warum ich?*

Langsam ließ ich die Seiten an meinem Daumen entlanggleiten und spürte den leichten Windzug, den diese Bewegung auslöste. Irgendwann und irgendwo stoppte ich, nahm das Buch näher an mein Gesicht heran und blickte auf einen Satz, bei dem ich eine Gänsehaut bekam. Ich rieb mir über die Augen, kniff sie zusammen und rieb noch einmal. Aber der Satz blieb da und er blieb auch derselbe:

Und als sie das Kästlein im Schilf sah, sandte sie ihre Magd hin und ließ es holen.

Ich muss schon sagen: Das jagte mir einen ziemlichen Schreck ein! Es war kein Schreck, der mir Angst machte oder mir unangenehm war. Es war eine ganz andere Art von Schreck. Weißt du, was ich meine? Es war irgendwie: ein Wunder. Und das Wunder war dieser Satz. Dieser eine Satz, der mir nach dem Aufschlagen des Buches als erster ins Auge gefallen war. Dieser Satz und vor allem diese vier Worte in dem Satz, die nur für mich dort zu stehen schienen: *das Kästlein im Schilf ...*

War es Zauberei? Oder ein Traum? Nein – an Zauberei glaubte ich nicht. Und dass ich hellwach war, ließ sich leicht daran erkennen, dass ich noch immer meinen Herzschlag am Hals spürte.

Und als sie das Kästlein im Schilf sah, sandte sie ihre Magd hin und ließ es holen, las ich den Satz zum zweiten Mal. Gut, wir hatten zwar keine Magd ausgesandt – aber zumindest Palle! Und Palle war ein Mädchen! Sie hatten wir losgeschickt, um unseren Ball wiederzuholen. Sie hatte die Truhe entdeckt. Unsere Schatztruhe! *Das Kästlein im Schilf,* wenn man so wollte. *Das Kästlein im Schilf* – das konnte doch unmöglich Zufall sein!

Ich wusste wirklich nicht, was ich davon halten oder was ich nun tun sollte. Aber ich spürte, dass ich mehr wissen wollte über dieses Buch, das man *Die Bibel* nennt. Klar, seit der Geschichte damals mit Papas englischem Kollegen und unserem Besuch in London wusste ich schon ein bisschen was über die Bibel und vor allem über Jesus. Aber dieses Geschehen hier war doch eine ganz merkwürdige Erfahrung. Eine wunderbare Erfahrung.

Eine Zeit lang dachte ich darüber nach, wen ich fragen konnte. Johannes, den Palle und ich bei einem Abenteuer in London kennengelernt hatten, wüsste sicher was – aber Johannes war nicht hier.

Und wenn ich Papa fragte? Wusste der etwas? Vielleicht. Aber dann würde er wissen wollen, woher mein Interesse kam, und ich würde ihm von unserem Schatz im Schilf erzählen müssen. Und wohl auch von der Sache in Poschs Haus. Und das wollte ich nicht. Jedenfalls jetzt noch nicht. Mir würde also nichts anderes übrig bleiben, als abzuwarten und zu sehen, wie es weitergehen sollte.

*

Am Nachmittag war Dr. Pringel verschwunden. Als ich meinen Kaninchenfreund besuchen wollte, um ihm frisches Futter zu bringen, stand die Stalltür weit offen. Am Boden lagen Löwenzahnblätter verstreut, daneben ein Stück altes Brot. Von dem Tier selbst keine Spur.

Verwirrt stellte ich den Futterkorb auf den Boden und wollte gerade mit der Suche beginnen, als mir auffiel, dass etwas in Dr. Pringels Stall lag. Es war ein Zettel. Oder genauer gesagt, ein Brief. Und als ich sah, was für ein Brief das war, wurde mir schwindelig. In Großbuchstaben, die jemand aus einer Zeitung ausgeschnitten hatte, stand da: *MÜNZEN ODER KARNICKEL*.

Was das bedeutete, war mir sofort klar. Und genauso klar war mir auch, wer dahintersteckte: Es konnte niemand anderes sein als Gregor Posch. Er hatte mich erkannt. Und da er wusste, wo ich wohnte, hatte er sich gerächt! Armer Dr. Pringel, dachte ich, hoffentlich wusste der verrückte Gregor, wie man mit Kaninchen umgehen musste.

Ich hatte keine Ahnung, wie es nun weitergehen und was ich unternehmen sollte. Wie könnte ich meinem Vater den Verlust von Dr. Pringel erklären? Also rief ich Palle an und bat sie um Hilfe.

Meine Freundin konnte kaum glauben, was ich ihr erzählte. Sie versprach mir, sofort vorbeizukommen. Sosehr sie sich über die zurückge-

MüNZen
ODER
KaRniKeL

holten Münzen freute, so sehr machte auch sie sich nun Sorgen um Dr. Pringel.

Palle hätte die Münzen gern behalten. Doch wie die Dinge nun lagen, wäre das möglicherweise nicht so gut für Dr. Pringel. Gar nicht gut. Ich konnte mir zwar nicht vorstellen, dass Posch dem Tier wirklich etwas antun würde. Dennoch hatte ich große Angst um mein Kaninchen. Ich würde alle Hebel in Bewegung setzen, meinen langohrigen Freund zurückzubekommen. Und ich war froh, Palle dabei an meiner Seite zu haben.

„Pille", sagte Palle, als sie bei mir auftauchte. „Also ich würde die Münzen für Dr. Pringel eintauschen. Aber ich habe nachgedacht" – und bei diesem Satz funkelten ihre grünen Augen! – „Und ich bin der Meinung: Wir werden uns das nicht gefallen lassen!"

„Haben wir denn eine Wahl?" Ich zeigte Palle den Zettel von Posch und wies auf den leeren Stall.

„Mann oh Mann", seufzte Palle. „Das ist wirklich eine Gemeinheit. Aber soll der wirklich damit durchkommen? Erst klaut er, dann erpresst er uns. Ich frage mich echt, was diesen Typen meine Münzen angehen. Was hat er mit unserem Schatz zu schaffen? Woher wusste er überhaupt davon? Kannst du mir das bitteschön mal sagen?"

Ich wusste keine Antwort auf Palles Frage.

Aber ich wusste, dass ich Dr. Pringel wiederhaben wollte und dass dies aller Wahrscheinlichkeit nach nur funktionieren würde, wenn Palle im Gegenzug ihre Goldmünzen rausrückte.

„Wir werden Dr. Pringel zurückholen", sagte sie schließlich. „Zusammen werden wir es schaffen! Freundschaft ist wichtiger als jeder Schatz. Aber wir werden uns auch nicht gefallen lassen, was Posch mit uns macht", wiederholte Palle. „Ganz im Gegenteil."

„Und was", fragte ich zurück, „willst du machen?"

Meine Freundin Palle wäre nicht meine Freundin Palle, wenn sie nicht längst einen neuen Plan im Kopf hätte. Einen Plan, der – wie Palle sagte – genauso toll war wie unser Coup von heute früh.

Aber Plan und Coup hin und her – eigentlich hatte ich überhaupt keine Lust mehr auf weitere Aktionen. Ich war mir sicher, dass alles, was wir taten, letztlich auch die Gegenseite dazu veranlassen würde zurückzuschlagen. Mein verschwundener Dr. Pringel war ja der beste Beweis dafür.

„Ach, lass mal", versuchte Palle, meine Sorgen zu zerstreuen. „Es wird schon alles in Ordnung kommen. Was der fiese Gregor da gemacht hat, ist wirklich ein starkes Stück. Das können wir nicht einfach so hinnehmen."

„Aber ..."

„Pille, hör mal: Willst du nun deinen Hasen wiederhaben oder nicht?"

„Kaninchen", entgegnete ich, „Dr. Pringel ist ein Kaninchen."

Palle winkte ab. „Egal. Fakt ist, dass wir das Tierchen zurückholen und trotzdem die Münzen behalten werden."

„Und wie willst du das bitteschön anstellen?", fragte ich zurück.

„Wart's nur ab", meinte Palle, „wart's nur ab!"

Neue Erkenntnisse

Wenig später liefen wir eine Runde durchs Dorf. Mal *nach dem Rechten schauen,* nannte es Palle. Sie wollte nachsehen, ob vielleicht irgendwo in der Nähe des Hauses von Gregor Posch eine Spur von Dr. Pringel zu finden war. Na ja, ich glaubte nicht, dass er das Tier direkt bei sich zu Hause versteckt hielt, aber Palle meinte, dass dies eben das Erste sein musste, was wir zu tun hatten. Schließlich würde die Polizei auch als Erstes immer das Haus des Verdächtigen durchsuchen.

Hm, vielleicht wartet die Polizei dort auch schon auf uns, dachte ich. War Pilles Idee weibliche Logik, oder hatte meine Freundin am Ende doch den richtigen Riecher?

*

Irgendwann auf halbem Weg zerrte mich Palle plötzlich ins Gebüsch und wies quer über die Straße. „Dort", sagte sie und wies hinüber zur Bushaltestelle.

Es dauerte einen Moment, bis ich begriff, was sie meinte: Gregor Posch und Mark Lindner standen im Schatten des Wartehäuschens und es sah so aus, als würden sie heftig miteinander diskutieren. Über was gesprochen wurde, konnten wir nicht verstehen. Aber es machte den Eindruck, als würde Lindner etwas erklären, was Posch nicht hören wollte. Denn dieser machte ein grimmiges Gesicht und winkte mehrmals ab.

„Ganz sicher stecken die zwei unter einer Decke“, meinte Palle. „Ganz sicher hängen beide in der Erpressungsgeschichte mit drin. Und wer weiß, was sie sonst noch alles auf dem Kerbholz haben.“

Ich zuckte mit den Schultern. Bei Posch war auch ich mir ziemlich sicher, dass er hinter der Entführung von Dr. Pringel steckte. Aber Mark Lindner? Klar, die Vorfälle im Supermarkt und im Einkaufszentrum waren ziemlich verdächtig. Möglicherweise war Mark ja ein begabter Dieb, der es verstand, im Notfall das Diebesgut eins-zwei-drei verschwinden zu lassen.

Aber: Sollte er wirklich etwas mit dem Kidnapping meines Kaninchens zu tun haben? Irgendwie und aus irgendeinem Grund konnte ich mir das nicht vorstellen und außerdem war Mark Lindner in Sachen Münzen und Schatz noch nicht ein einziges Mal in Erscheinung getreten. Eigentlich war ich mir ziemlich sicher: Auf der Bühne *dieses* Spiels hatte er keine Rolle.

Palle schaute noch immer angestrengt hinüber zu den beiden. Ihren Zeigefinger hatte sie an den Mund gelegt und schien intensiv nachzudenken. Wenig später hellte sich ihr Gesicht auf und in einem Comic würde man es so malen, dass über ihrem Kopf eine leuchtende Glühbirne erschien.

„Jetzt hab ich's!", rief sie aus und stieß mir in die Seite. „Jetzt weiß ich, wie wir es am allerbesten anstellen, deinen Dr. Pringel zurückzubekommen, die Münzen zu behalten und endlich Ruhe vor der Posch-Lindner-Bande zu haben! Eigentlich hatte ich ja einen ganz anderen Plan, aber das, was mir gerade eingefallen ist, dürfte noch viel wirkungsvoller sein."

Ich zog die Stirne kraus und fragte mich, was Palle wohl wieder eingefallen sein mochte und woher sie nur immer alle ihre Ideen und Gedanken nahm.

„Pass auf", fuhr Palle aufgeregt fort und deutete auf die beiden Jugendlichen an der Bushaltestelle. „Wir werden – *Hicks* – Folgendes machen …"

*

Als ich am Abend dieses Tages nach Hause kam, war Dr. Pringel noch immer nicht zurück. Meinem Vater erzählte ich, ein Freund hätte sich das Tier ausgeborgt, weil er ein Schulreferat über Kaninchen schrieb und kein eigenes besaß.

Eine dicke, fette Lüge also! Papa machte ein ratloses Gesicht und ich hatte den Eindruck, dass er mir kein Wort glaubte. Schließlich schüttelte er den Kopf und meinte, dass die Schüler auf immer dollere Ideen kommen würden: ein Referat über etwas zu schreiben, von dem man eigentlich gar keine Ahnung hatte …

Klar, meine Ausrede war wirklich dämlich gewesen. Und ich wollte Papa eigentlich nicht anlügen. Aber wie hätte ich ihm das Ganze erklären sollen, ohne davon zu erzählen, was *wir* getan hatten?

Tja, was hatten wir getan? Wir hatten uns eine ganz schöne Dummheit geleistet: einen richtigen Einbruch! Und wir waren auf dem besten Wege, eine weitere Dummheit zu tun. Was Palle mir vorhin von ihrem neuen Plan erzählt hatte, ließ mir noch immer einen kalten Schauer über den Rücken laufen. Sie wollte Gregor und Mark klar zeigen, dass wir uns nicht einschüchtern lassen. Mit Mark wollten wir anfangen und ihm richtigen Ärger anhängen.

Wenn wir das, was sie vorhatte, wirklich durchziehen sollten, Mann oh Mann, das würde ein Ding werden! Das war wirklich kein Dummer-Jungen-Streich mehr. Kein Schabernack und keine Münzen-Rückhol-Aktion. Das war handfest kriminell. Eine Straftat. Etwas, wofür man eine Menge Ärger bekommen konnte.

Aber egal, wie ich es drehe und wende, letzt-

lich bleibt mir gar keine andere Wahl, dachte ich. *Ich muss Dr. Pringel zurückbekommen. Und dafür ist mir kein Preis zu hoch!* Ach, hätte ich doch nur auf mein Gewissen gehört!

*

Beim Abendessen klingelte es. Instinktiv schreckte ich zusammen und dachte: *Jetzt kommen sie dich holen. Jetzt gibt es Ärger wegen des Einbruchs in Poschs Zimmer.*

Als Papa zur Tür ging, rechnete ich damit, dass er im nächsten Moment in Begleitung der Polizei ins Wohnzimmer zurückkehren würde. Oder zumindest in Begleitung von Gregor Poschs Eltern.

Vom Flur her hörte ich Stimmen und hielt den Atem an. Mir schossen tausend Gedanken durch den Kopf und ich tat etwas, was ich in verzweifelten Situationen schon manchmal getan hatte: Ich betete!

Lieber Gott, betete ich, *bitte mach, dass alles in Ordnung kommt ...*

Ich wusste gar nicht, warum ich das jetzt tat. Es war einfach ein Moment, in dem ich keinen Ausweg mehr sah und mir hoffnungslos verlassen vorkam. Irgendwie hatte ich das Gefühl, dass ich das jetzt tun sollte. Dass ich jetzt beten sollte.

Dann öffnete sich die Tür und ins Wohnzimmer trat: meine jüngere Cousine Annalena. Mensch, da fiel mir vielleicht ein Stein vom Herzen! Ich muss dir sagen: So sehr habe ich mich noch nie über einen Besuch meiner Cousine gefreut!

Annalena würde bis zum nächsten Tag bleiben. Ihre Eltern hatten unverhofft zwei Theaterkarten und eine Einladung zu einem späten Abendessen bekommen. Da wollten sie Annalena nicht die halbe Nacht alleine lassen.

Nun kommt es hin und wieder vor, dass meine Cousine uns besucht. Im Großen und Ganzen ist es mir immer egal. Wir haben nicht allzu viel gemeinsam. Außerdem ist Annalena ein Mädchen! Womit ich jetzt nicht sagen will, dass ich etwas gegen Mädchen habe! Schließlich ist meine beste Freundin auch ein Mädchen. Aber Palle ist irgendwie anders. Anders als Annalena. Und anders als die meisten Mädchen, die ich sonst kenne.

Aber vielleicht kommt meine Meinung über Annalena auch daher, dass sie immer alles besser wissen will. Wenn ich es wage, etwas Falsches zu sagen, korrigiert sie mich sofort und hält eine lange Rede. Oh Mann, diese Besserwisserei kann echt nerven!

„Auf Dr. Pringel wirst du heute wohl verzichten müssen“, stichelte mein Vater, als wir uns wieder an den Abendbrottisch setzten und Papa für Annalena einen zusätzlichen Teller hinstellte.

„Wo ist denn Dr. Pringel?“, fragte meine Cousine natürlich sofort zurück. „Ist ihm was passiert?“

Wie kam Annalena denn darauf, dass ihm etwas passiert sein könnte?

Papa winkte besänftigend ab. „Passiert ist ihm nichts. Aber Pille hat ihn verborgt."

„Verborgt?"

Papa nickte, dachte aber nicht daran, mehr darüber zu erzählen. Also blickte Annalena mich ungläubig an; wohl in der Hoffnung, dass ich etwas darüber berichten würde.

Also erzählte ich ihr mit ein paar knappen Sätzen meine Kaninchen-Referat-Geschichte und stellte fest, dass offenbar auch Annalena - genau wie Papa - so ihre Zweifel an der Wahrheit meiner Geschichte hatte. Annalena war zwar ein Jahr jünger als ich, aber sie hatte eine besondere Begabung, den Dingen auf den Grund zu gehen. Sie war einfach *schlau*. Dennoch war ich sicher: Palle war ihr haushoch überlegen!

Glücklicherweise löste sich unsere Abendbrotrunde schnell auf und jeder ging an die Dinge, die er noch zu erledigen hatte: Mein Vater putzte sein Fahrschulauto, und Annalena bot an, sich um die Küche zu kümmern. Dagegen hatte ich nichts einzuwenden. Ich selbst verdrückte mich rasch in mein Zimmer.

Dr. Pringel ging mir einfach nicht aus dem Kopf. Ich fragte mich, wo er jetzt wohl sein würde und wie es ihm ging. Es war schon eine verzwickte Angelegenheit und ein Ende war noch lange nicht in Sicht.

Eigentlich reichte mir das, was wir bis zu diesem Zeitpunkt erlebt hatten, voll und ganz. Liebend gern hätte ich die Sache hier abgeschlossen und gesagt: Palle, das war's! Gib deine Münzen ans Fundbüro oder gib sie Posch – egal! Aber lass uns ab sofort wieder so werden, wie wir waren, bevor der Schatz aufgetaucht ist. Lass uns baden gehen und Volleyball spielen und italienisches Eis essen. Aber lass uns nie wieder an Münzen, Sprungdeckeluhren oder Kristallkugeln denken. Freundschaft ist wichtiger als ein Schatz!

*

Eine knappe halbe Stunde später klopfte es an der Tür und noch bevor ich hätte *„Herein"* sagen können, betrat Annalena mein Zimmer.

„Na", sagte sie und ließ ihren Blick durch den Raum wandern, „was machst du?"

Da ich auf dem Bett lag und Annalena selbst sehen konnte, dass ich nichts weiter tat als Löcher in die Luft zu starren, sparte ich mir eine Antwort.

„Schade", sagte sie schließlich, „wirklich schade, dass Dr. Pringel nicht da ist."

„Ja, ja", maulte ich zurück und überlegte, ob Annalena mich herausfordern wollte. Wollte sie mich dazu bringen, ihr mehr über die Abwesenheit meines Kaninchens zu erzählen? Klar, ich verstand schon, dass sie es bedauerte, auf die

Streichelrunde im Kaninchenstall verzichten zu müssen. Aber dafür konnte ich nichts. Und die Wahrheit sagen? Nein, die Wahrheit konnte ich ihr nicht anvertrauen.

Auch, wenn ich es mir in diesem Augenblick vielleicht gewünscht hätte und wenn es mir gut getan hätte, mit jemandem darüber zu reden. Auch darüber, was wir vorhatten, um Dr. Pringel zurückzubekommen. Gern hätte ich mir Rat geholt, aber wer sagte mir denn, dass Annalena die Geschichte für sich behalten würde? Wer gab mir eine Garantie dafür, dass nicht morgen schon mein Vater und das ganze Dorf und die halbe Stadt über unser Tun Bescheid wüsste?

Nein, es blieb dabei: kein Wörtchen zu irgendwem. Genau so, wie Palle und ich es auch verabredet hatten. Alles andere würde unseren Plan gefährden und letztlich vor allem auch Dr. Pringel.

Weil ich nichts sagte und Annalena offenbar die Hoffnung aufgegeben hatte, noch eine Antwort zu bekommen, zuckte sie mit den Schultern und ging dann zu meinem Bücherregal. Neugierig ließ sie ihren Blick über die Buchrücken wandern. Ein Buch, das sie offenbar interessant fand, zog sie heraus und blätterte eine Weile darin herum. Schließlich klappte sie es wieder zu und wollte es gerade ins Regal zurückstellen, als ihr Blick auf meine Bibel fiel. Auch das noch!

„Oh!“, sagte sie und pfiff leise durch die Zähne. „Du hast eine Bibel?“

„Lass sie bitte stehen“, entgegnete ich betont gelangweilt. Aber Annalena schien meine Worte gar nicht gehört zu haben. Behutsam griff sie nach dem ledernen Exemplar, nahm es in ihre Hände und öffnete es dann, als hielte sie einen Schatz in der Hand. Nun ja, in gewisser Weise war es ja auch so. Die Bibel war ein Teil des Schatzes, den wir im Schilf gefunden hatten. Aber das konnte Annalena gar nicht wissen und ich fragte mich, wieso sie sich so sehr für die Bibel interessierte.

„Du kennst dieses Buch?“, fragte ich und hoffte, dass meine Stimme möglichst desinteressiert klang.

Annalena warf mir einen mürrischen Blick zu. „Das ist kein *Buch*“, belehrte sie mich. „Das ist die Bibel!“

„Aha. Das ist kein Buch“, äffte ich sie frech nach, noch immer auf meinem Bett liegend. „Für mich sieht es aber aus wie jedes andere Buch auch ...“

Meine Cousine schüttelte den Kopf. „Manchmal sehen Dinge anders aus, als sie in Wirklichkeit sind“, sagte sie. „Die Bibel zum Beispiel ist nicht ein Buch wie andere Bücher, sondern sie ist genau genommen eine Sammlung von Büchern. In ihr sind viele verschiedene Berichte, Lieder, Briefe und Weissagungen enthalten, in denen es

BIBEL

um die Beziehung der Menschen zu Gott geht." Annalena tat sehr geheimnisvoll. Es war typisch für sie und ihre Art, *immer* alles besser zu wissen und erklären zu müssen. Du glaubst ja gar nicht, wie das manchmal nerven kann. Jedenfalls bereitete ich mich auf eine laaaange Rede vor. Aber diesmal traf Annalena auch irgendwie mitten ins Schwarze.

Mooooment!, dachte ich, als mir bewusst wurde, *was* meine Cousine gerade gesagt hatte. *Weissagungen? Hatte ich richtig gehört? Hatte Annalena wirklich Weissagungen gesagt?*

„Und woher weißt du das alles so genau?", fragte ich zurück und erhob mich langsam vom Bett.

Annalena grinste. „Von Reli", sagte sie und meinte offenbar den Religionsunterricht, den sie in ihrer Schule besuchte. Ich selbst hatte Papa schon in der ersten Klasse davon überzeugen können, nicht zum Religionsunterricht gehen zu müssen, weil mein damaliger Freund Moritz auch nicht hingegangen war.

Inzwischen ging Moritz schon seit mehreren Jahren nicht mehr auf unsere Schule. Aber ich war trotzdem nie auf die Idee gekommen, zu Religion zu wechseln. Dass das möglicherweise ziemlich dumm gewesen war, hatte ich insgeheim schon nach unserem Londoner Abenteuer gedacht. Jetzt kam es mir durch Annalena und ihr offenbar hervorragendes Wissen über die

Bibel wieder in den Sinn. Inzwischen war ich vom Bett aufgestanden und neben Annalena ans Bücherregal getreten.

„Wenn du dich so gut auskennst", sagte ich zu ihr, nahm ihr die Bibel aus der Hand und schlug die Stelle auf, an der vom Kästlein im Schilf die Rede war. Ich hatte glücklicherweise ein Lesezeichen reingelegt! Sonst hätte ich sie nie im Leben wiedergefunden. „Wenn du dich also so gut auskennst", wiederholte ich, „dann kannst du mir sicher auch sagen, was dieser Satz hier bedeutet ..."

Ich hielt Annalena die Bibel vor die Nase und tippte mit dem Finger auf die Stelle, die ich meinte.

„Hm", brummte meine Cousine kurz und schien angestrengt zu überlegen. Dann nahm sie mir die Bibel aus der Hand, blätterte ein paar Seiten zurück. Ich sah, wie sich ihr Gesicht aufhellte.

„Ja klar", nickte sie. „Ich kann dir sagen, worum es da geht! Es geht um Mose. Als er noch ein Baby war. Diese Stelle handelt davon, wie Mose von der Tochter des Pharao gerettet wird."

Ich kann euch sagen: Ich war echt verblüfft, dass sie sich so gut auskannte.

„Aber da ist von einem Kästlein im Schilf die Rede", wandte ich ein.

„Mose lag darin", entgegnete Annalena und gab mir die Bibel zurück. „Aber warum willst du das wissen? Wie kommst du gerade auf diese Stelle?"

„Ach, nur so", winkte ich ab. „Es war nur so eine Frage."

„Nur so eine Frage?", bohrte Annalena weiter.

Ich verdrehte die Augen. „Offen gestanden ist das wohl so gut wie der einzige Satz, den ich auswendig aus der Bibel kenne", sagte ich schließlich. „Ich habe in der Bibel sonst noch nicht viel gelesen."

„Das stimmt nicht", gab Annalena kopfschüttelnd zurück.

„Was?", fragte ich genervt und dachte: *Wieder so ein Das stimmt nicht!* „Woher willst du denn wissen, wie viel ich in der Bibel gelesen habe?"

„Neiiin", entgegnete sie lang gezogen. „Es stimmt nicht, dass du nur einen oder zwei Sätze aus der Bibel kennst."

„Wie bitte? Wie kommst du denn darauf? Es ist wirklich wahr! Ich habe die Bibel noch kaum ..."

„Lügen haben kurze Beine!", unterbrach mich Annalena und ich überlegte, ob sie vielleicht doch etwas über die wahren Hintergründe des Verschwindens von Dr. Pringel wusste. Oder über unsere Aktion im Haus von Gregor Posch.

Aber sie legte schon nach: „Wer andern eine Grube gräbt, fällt selbst hinein! – Kennst du diese Sprichwörter?"

„Ja, schon. Aber …" Ich hatte keine Ahnung, worauf meine neunmalkluge Cousine diesmal hinauswollte.

„Siehst du", sagte sie und nickte genüsslich. „Du kennst doch mehr Sätze aus der Bibel, als du dachtest."

„Du meinst …?"

„Ja, na klar! Alle diese Sprichwörter stehen in der Bibel! Und noch viel mehr Sprüche, Sätze, Zitate und Redewendungen, die viele Menschen täglich in den Mund nehmen. Die Bibel ist wirklich ein Buch, das man nicht unterschätzen darf. Du solltest sie unbedingt mal lesen."

Mit diesen Worten verließ Annalena mein Zimmer. Nun stand ich da – mit meiner Bibel und mit meiner Verwunderung und: mit meinen Sorgen. Denn die waren ja immer noch da. Meine Sorgen um mein Kaninchen und um Palle und letztlich natürlich auch um mich.

David in Not

In dieser Nacht schlief ich etwas besser als in den Nächten zuvor. Das lag aber bestimmt nicht daran, dass sich meine Situation verbessert hatte oder meine Sorgen geringer geworden waren. Eher lag es daran, dass ich vollkommen kaputt und müde war.

*

Dr. Pringel war und blieb entführt und am Frühstückstisch stellten mir Papa und Annalena, die ja noch immer bei uns war, dieselbe Frage: Wann kommt das Kaninchen endlich zurück?

Ich hatte keine Ahnung, wie lange die Sache noch dauern würde. Daher versuchte ich, einer Antwort auszuweichen. Stattdessen bemängelte ich, dass Papa das Toastbrot schon wieder hatte verbrennen lassen. Außerdem klagte ich darüber, dass keine Cornflakes auf dem Tisch stünden und ich sie gleich mal aus der Küche holen würde.

Sonnenklar, dass ich mich dabei nicht besonders beeilte! Als ich schließlich mit der Tüte ins Wohnzimmer zurückkehrte, hatten Papa und Annalena dann auch wirklich schon das Thema gewechselt und unterhielten sich übers Wetter. Und niemand verlor mehr ein Wort über Dr. Pringel.

*

Gegen zehn Uhr kam der nächste Schreck: Ich stand in der Küche und war dabei, den Geschirrspüler einzuräumen, als ich einen lauten Knall von der Straße her hörte. Es war kein gewöhnlicher Knall, wie wenn ein Auto eine Fehlzündung hat oder so. Nein – es klang eher wie ein ... Schuss!

Ich ließ das Geschirr Geschirr und die Spülmaschine Spülmaschine sein, sprang zum Fenster und riss es auf.

Draußen auf der Straße herrschte völlige Ruhe. In einiger Entfernung, hinten am Haus von Hübners, rannte eine Katze über die Fahrbahn und auf der Regenrinne des Hauses gegenüber saß ein kleiner Spatz. Ansonsten nichts Auffälliges.

Also zuckte ich schließlich mit den Schultern und schloss das Fenster wieder. Woher der Knall gekommen und was es gewesen war, blieb ein Rätsel. Aber wenn es irgendwo knallte, musste es doch auch *jemanden* geben, der den Knall verursacht hatte. Von nichts kam doch nichts.

Einen Moment lang blieb ich noch am geschlossenen Fenster stehen, blickte durch die Scheibe hinaus und überlegte. Es war ein trüber Vormittag und in der Nacht musste es wohl geregnet haben, denn auf der Straße standen noch die Pfützen. Ich ließ meinen Blick ein letztes Mal hin und her wandern.

Ich wollte mich gerade wieder umdrehen und mit meiner Arbeit weitermachen, als ich einen riesigen Schreck bekam: Auf der Straße, direkt vor unserem Küchenfenster, erschien David! Er machte einen völlig verwirrten Eindruck, torkelte am Fenster vorbei und stolperte fast direkt in unseren Vorgarten. Aber am schlimmsten war, dass seine Hand schrecklich blutete.

Entsetzt riss ich das Fenster auf und steckte meinen Kopf hinaus. „Hey David", rief ich ihm zu. „Was ist denn los mit dir?"

David drehte sich schwankend um, blickte mich mit einem sonderbaren Gesichtsausdruck an und lallte dann etwas, das ich erst beim zweiten Mal richtig verstand: „... in der Hand explodiert ...", murmelte er. Und: „Meine Ohren!"

Es war schlimm, meinen Freund in diesem Zustand zu sehen! Ich weiß nicht, wie schnell ich auf der Straße und bei ihm war. Aber es musste in Rekordzeit passiert sein. Während ich durch unser Haus rannte, brüllte ich wie unser Esel, wenn er Hunger hat, nach Annalena und schrie:

„Annaleeeenaaaaaaa! Komm vor die Tür! Kooo-omm! Es ist was Schreckliches passiert!“

*

Ja, es war in der Tat etwas Schreckliches passiert. Und das Schlimme dabei war, dass das Unglück im Zusammenhang mit unserer Schatzgeschichte stand.

Es hatte meinen lieben Freund David ganz schön erwischt. Dank meiner Cousine Annalena und der Ersten Hilfe, die sie leistete, konnte noch Schlimmeres verhindert werden. Aber was geschehen war, war schlimm genug.

Nachdem Annalena Davids Hand verbunden und ich einen Notarztwagen gerufen hatte, wurde David in die Parkklinik gebracht und dort stationär aufgenommen. Weil David allein zu Hause gewesen war und seine Eltern sich noch bei der Arbeit befanden, begleiteten Annalena und ich ihn. Nach und nach erfuhren wir dabei die ganze Geschichte. Davids Geschichte, die zugleich die Erklärung für den Knall war, den ich gehört hatte.

Was war passiert? David war gestern Nachmittag mit seinem älteren Bruder und dessen Klassenkameraden im Kino gewesen. Auf dem Rückweg waren sie an einem Laden vorbeigekommen, der Glas, Porzellan und Kristallwaren führte. Im Schaufenster eben dieses Ladens lag eine große, blau schimmernde Kristallkugel.

Offenbar als Briefbeschwerer oder einfach nur als Dekorationsartikel gedacht. Jedenfalls bewunderten die drei Jungs die Kugel und David konnte schließlich seinen Mund nicht halten und berichtete von seinem Anteil am Schatz. Von *seiner* Kristallkugel.

Nun, lange Rede, kurzer Sinn: Der Klassenkamerad von Davids Bruder bot David ein Tauschgeschäft an. Er wollte von David gern die Kristallkugel haben und ihm dafür etwas *ganz Tolles und Geheimes* geben. Und dieses *ganz Tolle und Geheime* war nichts anderes als eine echte Gewehrpatrone aus dem Zweiten Weltkrieg! Ein *kostbares Einzelstück*, wie der Klassenkamerad von Davids Bruder versichert hatte ...

„Also“, erzählte David uns. „Erst war ich mir nicht sicher mit dem Tausch und so. Aber dann habe ich mich drauf eingelassen. Ich wusste eh nicht so genau, was ich mit der Kristallkugel anfangen soll. Die Patrone schien auf einmal viel interessanter.“

Allerdings hatte David nie im Leben damit gerechnet, dass diese Patrone noch funktionierte! „Wer ahnt denn schon, dass dieses Ding noch genau so eine Wirkung und Sprengkraft hat wie damals!“, sagte David. „Dass sie glatt zu einer kleinen tödlichen Bombe wird - auch ohne ein Gewehr!“

Nein, David hatte geglaubt, es sei ein altes Stück Metall. Eine Patrone zwar, das schon, aber doch keineswegs mehr gefährlich! Doch nicht nach 70 Jahren! Wie sehr er sich mit dieser Annahme täuschte, wusste er nun: Am nächsten Morgen hatte er im Hof mit der Patrone herumgespielt und schließlich begonnen, sie mit Metallpolitur zu reinigen und zu putzen. Bei dieser Verrichtung fiel ihm das gefährliche Stück aus der Hand, landete mit der Zündseite auf einem Pflasterstein und löste das Projektil aus.

„Ich merkte erst gar nicht, dass ich ein Loch in meiner Hand hatte", erklärte uns David später murmelnd. „Erst, als ich das Blut sah. Überall. Und als die Schmerzen kamen ... Und ich nichts mehr hören konnte."

*

David blieb im Krankenhaus, während Annalena und ich mit dem Bus nach Hause fuhren. Der Schrecken saß uns beiden in den Knochen. Erst zu Hause, bei einer Tasse Tee am Küchentisch, unterhielten wir uns lange über das, was passiert war.

„Früher wurde den Kindern in der Schule der Umgang mit Fundmunition und solchen Dingen beigebracht", hatte der Arzt in der Notaufnahme verärgert erzählt. „Da hat man den Schülern immer wieder gesagt, dass sie sich davor in Acht nehmen sollten. Dass sie es melden sollten, wenn sie verdächtige Gegenstände finden würden und so."

„Aber der letzte Krieg ist doch schon so lange her", hatte Annalena eingeworfen.

„Trotzdem", war die Antwort des Arztes gewesen. „Ihr seht ja bei eurem Freund am besten, was passieren kann. Und es tauchen noch immer Bomben und solche schlimmen Sachen auf, die damals in die Erde gefallen und aus irgendeinem Grund nicht explodiert sind. Auch wenn der Krieg – Gott sei Dank! – schon so lange her ist, sind seine Schrecken noch immer nicht vorüber."

Annalena und ich hatten still genickt. Es war wirklich eine schlimme Geschichte.

Im Baumhaus

Kurz vor dreizehn Uhr schnappte ich mir meinen Fahrradhelm, um das Haus zu verlassen und zu Palle zu fahren. Ich musste meiner Freundin unbedingt erzählen, was David passiert war. Und außerdem musste endlich etwas in der Dr.-Pringel-Sache geschehen.

Ewig konnte mein armes Kaninchen nicht bei Gregor Posch bleiben. Irgendwann würde mein Vater das Spiel durchschauen und dann würde es gehörigen Ärger geben. Und noch mehr Ärger war das Letzte, was ich im Moment gebrauchen konnte.

Gerade, als ich die Haustür hinter mir zuziehen wollte, klingelte unser Telefon. Also ging ich noch einmal zurück ins Haus und nahm ab.

Papa war dran. „Hör mal, Pille“, begrüßte er mich.

Ich atmete auf: Wenn Papa mich bei meinem Spitznamen nannte, bestand keine Gefahr!

„Wir sind heute Nachmittag bei Tante Lisbeths Geburtstag eingeladen. Denk also dran, nachher um vier zu Hause zu sein ..."

„Oooch", maulte ich in den Hörer. „Hat Tante Lisbeth schooon wieder Geburtstag?"

Papa knurrte kurz. „Ja", sagte er dann mit nachdenklichem Klang in der Stimme. „Das wundert mich auch. Und sogar am selben Tag und Monat wie neulich. Nur der Wochentag ist anders. Komisch, oder?"

„Hahaha", gab ich zurück, „muss ich denn da unbedingt mit?"

„Auf jeden Fall! Du weißt, wie sehr sich Tante Lisbeth und Onkel Horst auf dich freuen ..."

„Ja, ja – sie schnappen über vor Freude", entgegnete ich eigentlich viel zu pampig und vor allem viel zu ungerecht. Die Tante und der Onkel, die keine eigenen Kinder hatten, dachten stets an eine kleine Überraschung für mich. Und es schien ihnen auch echten Spaß zu machen, mir eine Freude zu bereiten. Einzig die stundenlangen Geschichten, die meine Tante bei solchen Familientreffen zum Besten gab, schmälerten meine Begeisterung. Und das ganz erheblich.

„Also", mahnte Papa noch einmal, „um vier zu Hause!" Dann legte er auf.

*

Palle fand ich in unserem Baumhaus. Zu Hause war sie nicht gewesen und bei Erik auch nicht und so gab es eigentlich nur noch einen Ort, an

dem ich meine Freundin finden konnte. Also war ich hierher gefahren und hatte mit meiner Vermutung richtig gelegen: Palle saß in unserem alten Baumhaus, ließ die Beine baumeln und machte ein Gesicht wie sieben Tage Regenwetter.

„Was ist denn los?“, fragte ich nach einer kurzen Begrüßung und fürchtete schon, es könne sich etwas mit Dr. Pringel ereignet haben.

„Es ist eine verzwickte Lage“, klagte Palle. „Ich hatte vorhin eine sehr unschöne Begegnung mit Gregor Posch ...“

„Oh, oh“, entgegnete ich.

Palle nickte. „Er hat sich mir auf der Straße in den Weg gestellt, als ich mit dem Rad vom Bäcker kam. Er hat mich am Kragen gepackt und gemeint, er wolle jetzt endlich seine Münzen zurück. Überleg dir das mal, Pille, *seine* Münzen! Dass ich nicht lache!“

„Hat er ... hat er etwas von Dr. Pringel gesagt?“

Palle schüttelte den Kopf. „Kein Wort. Er hat nur gemeint, langsam habe er die Faxen dicke und dass sie sich das nicht mehr lange gefallen lassen würden.“

„Sie?“

Meine Freundin nickte. „Ich hab dir doch gesagt, dass Lindner da mit drinsteckt.“

Einen Moment lang herrschte Schweigen im Baumhaus. Von Ferne hörte man einen Specht hämmern. Dann war absolute Ruhe.

„Und was ... soll nun werden?“, fragte ich nach einer Weile in die Stille hinein.

Palle zuckte mit den Schultern. „Wir werden unseren Plan durchziehen. Wir werden deinen Dr. Pringel befreien. Und das so schnell wie möglich. Diese verrückten Typen Posch – *Hicks* – und Lindner – die haben doch einen Knall!“

Palle schlug mit ihrer flachen Hand auf die Bodenplatte unseres Baumhauses und ich fuhr vor Schreck zusammen. *Knall* war das Stichwort gewesen. Das Stichwort, das mich an David und das schlimme Erlebnis des heutigen Vormittags erinnerte. Palle hatte ja noch keine Ahnung! Und so begann ich endlich, ihr zu erzählen, was passiert war.

*

Eine halbe Stunde später saßen wir wieder auf unseren Rädern und drehten eine Runde durch Pankow. Vorbei am alten Güterbahnhof, durch die Galenusstraße und den Schlosspark und schließlich Richtung Wilhelmsruh. Das war zwar ein ganzes Stück, aber die Fahrt tat uns gut. Ein wenig Ablenkung war bei alldem nicht schlecht.

Ich hatte Palle erzählt, was mit David geschehen war, und schnell wurden wir uns klar darüber, dass uns dieser Schatz, den wir aus der himmelblauen Truhe geholt hatten, bisher wirklich nur Ärger eingebracht hatte: Erst die gestohlenen und zurückgeholten Münzen samt meinem entführten Kaninchen. Dann Erik mit seinem verletzten Arm wegen der blöden Taschenuhr. Und jetzt auch noch David und die Sache mit der Patrone. Gut, die Patrone hatte nicht direkt zum Schatz gehört, sondern er hatte sie gegen die Kristallkugel eingetauscht, aber immerhin. Und während wir so dahinfuhren, fragte ich mich: Was würde noch alles passieren? Wir kannten ja noch nicht einmal den wahren Besitzer der Truhe! Und: Wäre ich wohl der Nächste, dem etwas passiert? Hätte ich bald Ärger wegen meiner Bibel?

Der neue Job

Irgendwann unterwegs kamen wir dann doch auf Palles Plan zu sprechen. Den *Mark-Lindner-Plan*.

„Wie sollen wir eigentlich wissen, wann Mark Lindner das Einkaufszentrum betritt?“, fragte ich Palle, während wir nebeneinander radelten. Inzwischen waren wir umgedreht und fuhren in Richtung Pankow zurück. „Ich meine, wir können ihn ja nicht die ganze Zeit beschatten, oder?“

Palle nickte zu mir herüber. „Da hast du recht. Und ich habe auch schon hin und her überlegt – leider ist mir aber noch nichts wirklich Hilfreiches eingefallen.“

Ich nickte. Vielleicht war es gar nicht so schlecht, wenn die Aktion ausfallen würde. Allerdings wurden meine Sorgen um Dr. Pringel dadurch nicht kleiner ...

Plötzlich rissen mich quietschende Autoreifen aus meinen Gedanken. Neben uns legte jemand eine verrückte Vollbremsung hin! Palle und ich stoppten ab und hielten an. Als ich meinen Kopf nach links drehte, traute ich kaum meinen Augen: Ich sah Papas Fahrschulauto! Papa sprang heraus und rannte auf uns zu. Die Beifahrertür ließ er offen stehen.

„Sagt mal, stimmt es, was Annalena mir erzählt hat?“, rief er und schnappte nach Luft, als er bei uns angekommen war. „Stimmt es, dass dein Freund David schwer verletzt ist, weil er mit einem Blindgänger hantiert hat?“

Ich blickte zu Boden. „Ja“, sagte ich leise. „Es hat ihn ganz schön erwischt. Aber soviel ich weiß, war es kein Blindgänger, sondern eine alte Patrone.“

Vater schüttelte entgeistert den Kopf. „Seid ihr eigentlich alle vollkommen verrückt geworden? Erik reißt sich in einem Gully fast die Hand ab und wird um ein Haar überfahren, David spielt mit einer Patrone herum, die losgeht und ihn hätte töten können. Kinder, was ist eigentlich los mit euch?“

Palle und ich zuckten mit den Schultern und vermieden es, Papa anzusehen. Dass alles in einem Zusammenhang stand und mit dem Schatz im Schilf zu tun hatte, konnten wir meinem Vater ja nicht sagen. Und etwas anderes fiel uns auch nicht ein. Also schwiegen wir.

„Habt ihr zwei auch so dumme Ideen im Kopf?“, fragte Papa schließlich und sah uns forschend in die Augen.

„Neiiin“, versicherten wir gleichzeitig und schüttelten heftig mit den Köpfen. Palle hickste.

Mein Vater hob die Augenbrauen und drohte mit dem erhobenen Zeigefinger. Von der Straße her hupte es. Hinter seinem Fahrschulwagen standen bereits mehrere Autos, die endlich weiterfahren wollten. Der Fahrschüler hatte bei seinem Parkversuch die gesamte Straße blockiert und starrte Papa nun leicht panisch an.

„Ja, ja“, winkte mein Vater den drängelnden Autofahrern zu. „Es geht ja gleich weiter.“ Dann warf er uns noch einen ermahnenden Blick zu, drehte sich um und lief zurück zum Auto. Rasch schob er sich auf den Beifahrersitz und gab dem Fahrschüler ein Zeichen loszufahren. Der war so nervös, dass er den Wagen zweimal abwürgte, ehe das Fahrzeug sich endlich ruckelnd in Bewegung setzte. Mit einem besorgten Blick fuhr mein Vater davon.

„Der arme Kerl“, meinte Palle, als das Auto außer Sichtweite war.

„Wer, mein Vater?“

„Nein“, lachte Palle, „der Typ am Steuer. Der Fahrschüler.“

Ich nickte kurz und atmete dann tief durch. Vielleicht sollten wir es uns doch noch einmal überlegen. Vielleicht sollten wir den Mark-Lindner-Plan doch abblasen.

*

Um 17 Uhr trafen wir bei Tante Lisbeth ein. Papa war zuvor nach Hause gekommen, hatte geduscht und sich schick gemacht. Anschließend waren wir zu Tante Lisbeths Haus aufgebrochen - gemeinsam mit Annalena, deren Eltern auch schon bei der Tante auf uns warteten. Tante Lisbeth und Onkel Horst wohnen in der Fafnerstraße - das ist ganz am Ende von Heinersdorf - in einem kleinen und erst vor wenigen Jahren gründlich renovierten Häuschen.

Ich ließ die allgemeine Begrüßungszeremonie über mich ergehen mit Küsschen und Getätschel - die du sicherlich auch kennst und genauso „liebst“ wie ich. Dann setzten wir uns an den gedeckten Kaffeetisch und machten uns über Schwarzwälder Kirsch und Käsekuchen her. Anschließend räumten Tante Lisbeth und Onkel Horst das Geschirr in die Küche, und danach begann die obligatorische Quasselrunde.

„Sag mal, Lisbeth, ich habe gehört, dass du wieder Arbeit hast?“, begann Annalenas Mutter zum Auftakt.

Tante Lisbeth nickte stolz. „Ja. Da hast du ganz richtig gehört, Renate.“

Annalenas Mutter griff nach dem Sektglas, das vor ihr auf dem Tisch stand, und prostete der Tante zu. „Na dann: Herzlichen Glückwunsch zum neuen Job!“

Nach der allseitigen Zuprosterei nahmen alle einen kräftigen Schluck Sekt. Nur Annalena und mir hatte man Orangensaft mit Mineralwasser ins Glas geschüttet.

Als Papa dann Tante Lisbeth fragte: „Kannst du uns noch mehr erzählen?“, war mir völlig klar, was das bedeutete: Jetzt würde Tante Liesbeth erzählen ohne Ende. Jede Einzelheit ihres Berufslebens inklusive sämtlicher Lebensgeschichten aktueller wie ehemaliger Kollegen würde sie haarklein berichten. Und dabei sicher kein noch so winziges Detail unerwähnt lassen. Selbst wenn sie es gar nicht mit eigenen Augen gesehen oder mit eigenen Ohren gehört, sondern nur gerüchteweise aufgeschnappt hatte.

Aber im Grunde ging mich das alles gar nichts an. Tante Lisbeth konnte erzählen, so viel sie wollte. Ich wusste nur, dass ich in den nächsten zwei Stunden ganz sicher eine schreckliche Langeweile zu überstehen hatte. Und dass es kein Entkommen geben würde. Von meinem Platz an der Geburtstagstafel kam ich nicht weg. Ich saß eingepfercht zwischen Onkel Horst und dem dicken Herrn Mischke. Der war ein Nachbar von Tante Lisbeth und Onkel Horst und gehörte irgendwie schon immer zur Familie. Auch, wenn alle „Sie“ zu ihm sagten.

Annalena schien große Freude daran zu haben, den Geschichten von Tante Lisbeth zuzuhören. Was sie nur daran fand?

Also, wie gesagt, ich sah die langweiligsten zwei Stunden meines jungen Lebens vor mir. Ich war darauf gefasst, meinen Kopf zwischen meine Hände zu legen und die Erzählwut der Tante müde über mich ergehen zu lassen.

Doch dann dachte ich, mich träfe der Blitz! Denn meine Tante ließ schon nach zwei Sätzen die Katze aus dem Sack und erzählte, *wo* sie seit drei Wochen arbeitete: im Rathauscenter! Und sie erzählte eine Geschichte, die ich live miterlebt hatte: Tante Lisbeth berichtete, wie Mark Lindner verhaftet wurde, und davon, dass man nichts bei ihm gefunden hatte! Dass man ratlos sei, was der Junge überhaupt für einer wäre. So etwas habe man noch nie zuvor erlebt.

Jetzt war ich gar nicht mehr müde und mir war auch keine Spur langweilig. Jetzt sog ich förmlich auf, was meine Tante zu berichten wusste. Und es sollte sich als überaus nützlich herausstellen.

Das große Ding

„Mark Lindner?“, fragte Herr Mischke in seinem typischen Berlinerisch in die Runde, „is det nich der von den Lindners aus'm alten Bauernhaus hinten am Kandertaler Weech?“

Tante Lisbeth nickte.

„War mal'n ziemlicher Rüpel“, fuhr Herr Mischke fort. „Kam ma aba inner letzten Zeit jarnich mehr so schlimm vor.“

„Da sieht man wieder, wie man sich täuschen kann“, belehrte uns Onkel Horst. „Man darf eben nicht nur nach dem äußeren Schein gehen.“

„Na ja, wenn man nun so gar nichts bei ihm gefunden hat“, schaltete sich Papa ein, „ist er vielleicht gar kein Ladendieb. Wer weiß, was der Detektiv da gesehen hat.“

Tante Lisbeth zuckte mit den Schultern. „Ich kann euch nur sagen, was mir unser Sicherheitsdienst erzählt hat. Und der meint, es sei ein Diebstahl gewesen.“

„Diebstahl ohne Diebesgut?“, fragte Papa.

„Wie auch immer", die Tante winkte ab. „Jedenfalls haben wir den jungen Mann jetzt auf dem Kieker. Der kommt an jedem Donnerstag, um für seine Oma die Illustrierten zu holen. Immer nachmittags! Ihr könnt euch sicher sein, dass wir bei dem ganz genau hinsehen werden, wenn er durch die Kassen geht."

Die Illustrierten für seine Oma, dachte ich. *Jeden Donnerstag*. Morgen war Donnerstag. Und was lag näher, diese Möglichkeit zu nutzen, um Palles Plan in die Tat umzusetzen? Jetzt, wo wir wussten, wann und wo Lindner auftauchen und einkaufen würde. Meine Güte, was hatten wir für ein Glück!

*

Am nächsten Tag hielten wir uns – wie geplant – ab dem frühen Nachmittag im Einkaufszentrum auf und observierten das Regal mit den Zeitschriften. Palle machte auf cool, aber mich konnte sie nicht täuschen. Viel zu lange waren wir schon befreundet, als dass ich nicht bemerken würde, dass auch ihr bei der Sache mulmig war.

Nach einigem Hin und Her hatten wir uns für eine Packung Rasierklingen entschieden. *Gillette Sensor Excel*. Knapp elf Euro kosteten die und waren klein genug, um für das, was wir vorhatten, infrage zu kommen. Palle hatte zunächst an eine CD gedacht, aber eine CD war einfach zu groß.

Und nun hatte ich die Rasierklingenpackung in der Hand und schlich mit einem flauen Gefühl im Magen durch die Regalreihen – immer schön den Zeitungsständer im Blick. Mittlerweile war es weit nach fünfzehn Uhr und ich überlegte, was wir eigentlich machen würden, wenn Mark Lindner heute gar nicht auftauchen sollte. Wenn er es sich anders überlegt hatte. Wenn er vielleicht die Zeitschrift seit dem letzten Vorfall mit dem Kaufhausdetektiv woanders kaufte? Was dann? Aber eigentlich – so merkte ich – wäre ich gar nicht so richtig ärgerlich darüber. Eigentlich würde es mich sehr erleichtern. Und eigentlich hoffte ich, dass Lindner nicht kommen und ich nicht zu einem Betrüger werden würde.

Aber Mark Lindner tat mir diesen Gefallen nicht: Kurz vor sechzehn Uhr tauchte er plötzlich auf. Palle zischte leise durch die Regalreihen und machte mir klar, dass es jetzt ernst wurde.

Oh weh, ich kann dir sagen, da begann mein Herz zu rasen! Da rauschte das Blut in meinen Ohren! Jetzt würde es kein Zurück mehr geben – jetzt musste ich wohl tun, was zu tun war, um endlich Dr. Pringel wiederzubekommen! *Dr. Pringel, Dr. Pringel, Dr. Pringel,* sagte ich immer wieder still vor mich hin, *ich mache es für Dr. Pringel ...*

Dann stand ich hinter ihm. Mark Lindner, der einen Augenblick lang eine Computerzeitschrift durchgeblättert und sie dann zurückgelegt hatte, war gerade dabei, nach der neuen *SuperIllu* zu greifen. Das war meine Chance: Als er sich nach dem bunten Heft bückte, ließ ich die Packung Rasierklingen in seine Jackentasche gleiten. Ich hielt den Atem an und hatte ein Gefühl, als sähe mir das ganze Einkaufszentrum zu. Als würden alle beobachten, was ich tat. Sehen, dass ich etwas Falsches, etwas Verbotenes tat.

Im nächsten Moment drehte Mark Lindner sich um und stieß mit mir zusammen. In meiner Aufregung hatte ich mich keinen Zentimeter wegbewegt und so noch immer genau hinter ihm gestanden.

„Entschuldige bitte“, sagte er, schaute mich mit einem freundlichen Blick an und verschwand in Richtung Kasse.

„Los, – *Hicks* – wir müssen – *Hicks* – hinterher“, raunte Palle mir zu und ich spürte nicht nur an ihrem Schluckauf, sondern auch am Klang ihrer Stimme, dass auch sie unendlich aufgeregt war. „Los, schnell!“

Erst jetzt wurde mir so richtig bewusst, was ich eigentlich getan hatte: Es war doch überhaupt nicht bewiesen, dass Mark Lindner in Verbindung mit der Entführung von Dr. Pringel oder mit der Münzgeschichte stand! Ja, es war noch nicht einmal bewiesen, dass Gregor Posch und er in irgendeiner Weise gemeinsame Sache machten. Nichts von alldem konnten wir beweisen.

In diesem Augenblick wusste ich, dass wir eine ganz große Dummheit gemacht hatten. Eine Sache, die schlimmer, verachtenswerter, böser war als alles, was wir uns an Streichen oder an Schabernack bislang hatten einfallen lassen. Weder waren wir dabei, einen Fall zu lösen, noch waren wir die Guten. Nein – wir waren ganz elendige Betrüger. Betrüger und Ganoven!

Als wir bei den Kassen ankamen, stand Mark Lindner schon in der Schlange und wartete. Auf dem Förderband lag die *SuperIllu* für seine Oma.

„Es ist ein Fehler“, rief ich leise, „ein Riesenfehler!“

„*Was?*“ Palle starrte mich mit großen Augen an.

„Wir sind total verrückt geworden“, fuhr ich atemlos fort, „wir sind von allen guten Geistern verlassen.“

„Aber – *Hicks* – …“

Das Förderband bewegte sich und die Illustrierte lag nun direkt vor der Kassiererin. Die war noch damit beschäftigt, dem Kunden, der vor Mark Lindner in der Reihe stand, Kassenbon und Wechselgeld auszuhändigen. In wenigen Sekunden würde es passieren! In wenigen Sekunden würde der Alarm losgehen und wir würden es uns nie verzeihen.

„Nein“, sagte ich laut und deutlich und schüttelte heftig den Kopf. Dann lief ich schnellen Schrittes auf Lindner zu, der gerade nach seinem Portemonnaie griff und schon um ein Haar mit seiner Jacke in die Induktionsfelder der Diebstahlwarnanlage geraten wäre.

Ich schob mich drängelnd an den Wartenden vorbei, streckte meinen Arm aus und griff ebenso gezielt wie hastig nach der Rasierklingenpackung, die noch halb aus Lindners Jackentasche hervorlugte. Schnell musste ich sein. Sie herausziehen, in den Laden zurückbringen und ...

Genau in diesem Moment ging der Alarm los! Er war laut und grell. Es hupte und klingelte und eine rote Warnlampe blitzte auf. Die Kassiererin schrie und alles drehte sich. Eine Sekunde später lag ich am Boden und wusste, dass es zu spät war. In der Hand hielt ich zwar die Rasierklingenpackung, aber ich hatte es nicht geschafft, das Drama im letzten Moment zu verhindern!

Im Büro des Detektivs

Wenige Minuten später saßen Mark Lindner und ich im Büro des Kaufhausdetektivs. Mich hatte man vermeintlich auf *frischer Tat* bei einem Diebstahl erwischt. Alle Erklärungsversuche halfen nichts und außerdem hatten die Kunden in der Warteschlange an der Kasse, an denen ich vorbeigerammelt war, ihren Senf dazugegeben. Einen *Rabauken* hatten sie mich genannt, einen *Langfinger*, einen *Rotzlöffel* ... Und dabei wollte ich doch eigentlich alles noch zum Guten wenden. Auch Mark Lindner war festgenommen worden. Der war für den Kaufhausdetektiv ja inzwischen ein alter Bekannter und der Detektiv freute sich, endlich etwas Greifbares gegen ihn in der Hand zu haben.

„Junge, Junge, wie naiv seid ihr eigentlich?", hatte der Detektiv gefragt, als er uns in sein Büro geführt und auf die Schachtel mit den Rasierklingen gewiesen hatte. „Seht ihr das Ding hier auf der Packung? Dieses silberne Etikett?

Das klebt nicht zum Spaß dort, sondern es löst Alarm aus, wenn es nicht beim Bezahlen an der Kasse deaktiviert wird."

Mark schüttelte nur den Kopf und ich wusste auch nichts dazu zu sagen. Natürlich kannte ich die Technik dieses Etiketts; gerade damit sollte ja unser Plan funktionieren. Aber ich hatte keine Ahnung, was ich jetzt erklären oder wie ich überhaupt je wieder aus dieser schlimmen Sache herauskommen sollte.

*

Nun saßen Mark Lindner und ich im Büro des Kaufhausdetektivs und starrten an die Decke. Bald würde die Polizei auftauchen. Ich verdrängte den Gedanken, weil mir dabei nur noch schlimmer zumute wurde. Sie würden uns anzeigen. Als Kriminelle abstempeln. Oh Mann! Da war mir klar: Ich muss die Wahrheit sagen. Erklären, welcher Grund hinter dem Ganzen steckte. Dass Mark echt unschuldig war und wir ihm die Rasierklingen in die Tasche geschoben hatten.

Der Detektiv hatte uns beide allein gelassen; wahrscheinlich musste er draußen im Ladenbereich weitere Diebe fangen, um auf sein Gehalt zu kommen. Damit wir nicht fliehen konnten, hatte er die Bürotür abgeschlossen und uns ausdrücklich befohlen, uns vernünftig zu verhalten.

IE STRAFTAT
77

Also beschloss ich, Mark die Wahrheit zu sagen. Ihm zu erzählen, dass Palle und ich schuld an der Sache waren.

„Du, Mark“, begann ich vorsichtig, „ich muss dir was erzählen.“

„Was denn? Schieß los“, sagte er und lächelte ein bisschen. „Jetzt, wo wir so gemütlich beisammen sind.“

„Also, es ist alles meine Schuld“, begann ich meine Beichte und erklärte ihm nach und nach die ganze Geschichte mit der Rasierklingenpackung.

„Hey, danke, dass du so ehrlich bist und mir das sagst!“, meinte Mark schließlich und ich war überrascht über seinen Ton. War er gar nicht sauer?

„Aber sag mir eins“, fuhr er fort, „warum habt ihr das denn gemacht, deine, hm, äh Freundin und du?“

Ich senkte den Blick und starrte den Fußboden an. Das Linoleum war dunkelgrün gesprenkelt. Und so langsam verschwamm das Muster vor meinen Augen. Obwohl ich das gar nicht wollte und versuchte, sie zu unterdrücken, kamen mir die Tränen. „Weil“, stotterte ich nach einer Weile, „weil … wegen …“

„Ist schon okay, Kleiner“, meinte Mark und klopfte mir sanft auf die Schulter. „Sag einfach, wie es war. Niemand reißt dir den Kopf ab.“

„Wegen Palles blöder Münzen eben“, sagte

ich schließlich und schaute auf. „Vor allem aber wegen meines Kaninchens."

Mark sah mich fragend an. Spätestens jetzt schien ihm klar zu sein, dass ich es wirklich ehrlich meinte und ihn nicht anlügen oder auf den Arm nehmen wollte.

„Ich glaube", sagte er, „ich glaube, du musst mir einiges näher erklären."

Ich seufzte tief. Und dann erzählte ich Mark alles. Wirklich alles! Angefangen von der Schatzkiste, von Palles Münzen und von dem linken Ding mit Gregor Posch. Über unsere Rückholaktion bis dahin, dass Gregor mein Kaninchen kidnappte. Ich erzählte ihm, dass ich meinen Vater angelogen hatte und wie sehr ich mein liebes Langohr wiederhaben wollte.

„Wie heißt denn dein Kaninchen?", fragte Mark schließlich und ich gebe zu, ich war erstaunt, dass er sich dafür interessierte. „Dr. Pringel", sagte ich leise.

„Dr. Pringel?" Mark lächelte. „Hört sich irgendwie an wie eine Sorte Kartoffelchips."

Ich reagierte nicht auf Marks Scherz. „Palle, meine Freundin, meint, dass du was mit der Entführung von Dr. Pringel zu tun hast. Wir wollten euch zeigen, dass wir da nicht hilflos zuschauen. Und genau deshalb hatten wir es heute auf dich abgesehen. Das war ein dämlicher Plan. Und ich weiß gar nicht, ob das stimmt." Dann schaute ich ihm in die Augen und fragte: „Hast du zusammen mit Gregor Posch meinen Dr. Pringel entführt?"

„Ich?" Mark schien ehrlich verblüfft. Ich merkte, wie er fast anfing zu lachen und sich sehr bemühte, ernst zu bleiben. „Ich kenne dich ja kaum. Nur vom Sehen. Und bis eben wusste ich noch nicht einmal, dass du einen Hasen besitzt!"

„Kaninchen", flüsterte ich und nickte. Ich spürte, dass Mark die Wahrheit sagte. Und eigentlich hatte ich auch nie wirklich geglaubt, dass er etwas mit dem Verschwinden von Dr. Pringel zu tun hatte. Irgendwie war Mark gar nicht der Typ für so was.

Plötzlich hörten wir Schlüssel klirren, die Bürotür wurde aufgeschlossen und der Detektiv streckte seinen Kopf herein. Möglicherweise wollte er sichergehen, dass wir keine Dummheiten anstellten. Aber was sollten wir schon machen? Einen Radiergummi vom Schreibtisch klauen?

„Es dauert noch einen Moment, bis die Polizei kommt", sagte er mit ernster Miene. „Die müssen vorher noch einen Verkehrsunfall klären."

Mark und ich nickten gleichzeitig, woraufhin der Kopf des Detektivs wieder verschwand und die Tür erneut verschlossen wurde.

„Warum klaust du eigentlich?", fragte ich meinen Leidensgenossen nach einem Moment des Schweigens.

Mark hob die Augenbrauen. „Ich klaue nicht", entgegnete er. „Nicht *mehr.*"

Ich nickte vorsichtig. *Klar,* dachte ich, *wenn man mich auf frischer Tat ertappt hätte, würde ich es auch nicht mehr wagen.* Aber Moment: Man *hatte* mich ja auf frischer Tat erwischt!

„Ich habe eingesehen, dass es falsch ist, Dinge mitzunehmen, die mir nicht gehören", erklärte Mark.

„Wow. Seit wann denn?", fragte ich zurück, weil mir nichts Besseres einfiel.

Mark seufzte. „Vor etwa einem halben Jahr."

„Vor einem halben Jahr?"

„Ja."

„Aber du hast doch ... ich habe doch gesehen, wie du letzte Woche ... im Supermarkt und dann hier im Einkaufszentrum ..."

„Nein", entgegnete er, „da habe ich nichts gestohlen. Ganz im Gegenteil."

„Im Gegenteil? Was ist denn das Gegenteil von stehlen?"

„Ich habe die gestohlenen Sachen zurückgebracht."

„Was?"

Ein Lächeln huschte über Marks Gesicht und er flüsterte in einem geheimnisvollen Ton: „Nicht dieselben zwar, aber die gleichen."

„Also, das kapier ich nicht", sagte ich. „Klingt fast so schräg wie meine Dr.-Pringel-Geschichte ..."

„Ist auch nicht so leicht zu verstehen", antwortete Mark. „Wenn du mir das noch vor einem Jahr gesagt hättest – du, da hätte ich dir 'nen Vogel gezeigt. Aber jetzt ist es mir total wichtig. Es tut gut, Gutes zu tun, ins Reine zu kommen."

Spätestens jetzt sahen meine Augen wohl so groß aus wie Spiegeleier, so sehr starrte ich Mark an mit einem dicken, fetten Fragezeichen über dem Kopf. Ich verstand gar nichts mehr. Von was redete Lindner?

Er lachte wieder kurz, als er meinen Blick bemerkte. „Das klingt total abgedreht, oder?" Nun, da wollte ich ihm nicht widersprechen. Vorsichtig nickte ich.

Schätze aus Schweden

Die Polizei hatte sich noch immer nicht blicken lassen. Auch der Detektiv war nicht wieder erschienen, was mir ganz recht war, denn es interessierte mich wirklich brennend, was es mit der ganzen Sache auf sich hatte. Was meinte Mark mit alldem?

„Ich glaube“, sagte ich also und grinste ein bisschen. „Ich glaube, das musst du mir näher erklären ...“

Mark nickte. „In den letzten Winterferien hat mich mein Freund Andi nach Schweden eingeladen“, begann er seine Geschichte. „Seine christliche Gemeinde organisierte die Fahrt. Immer wieder schwärmte er mir vor, wie toll das Skifahren und so ist ... Und er hatte völlig recht. Einfach irre der Schnee, das Wetter, abends am Kamin sitzen, tagsüber Schneehäuser bauen, richtige Iglus!“ Marks Augen strahlten und er fuchtelte wie wild mit den Händen, als wollte er mir die genaue Technik beibringen.

„Oh Mann“, unterbrach ich Mark. „Das klingt super, aber was hat denn das mit den gestohlenen Sachen zu tun?“

„Nun“, antwortete Mark. „Wir haben ja nicht nur Iglus gebaut und Kekse gegessen. Es gab auch viele interessante Gespräche. Und eines Abends hat es *klick* gemacht bei mir, als wir am Kamin saßen in einem dieser riesigen holzgetäfelten Räume. Da wurde eine alte Geschichte zur spannendsten meines Lebens. Da wusste ich einfach, dass es nicht nur eine Geschichte ist, sondern die Wahrheit. Eine Wahrheit, die mit mir zu tun hat – heute, jetzt und hier. Es war das Beste überhaupt – und ich hatte die Wahl.“

„Alter Schwede!“, sagte ich. „Jetzt redest du wie ein Geheimagent oder ein armer Irrer. Ich verstehe rein gar nix! Was für eine Geschichte?“

Mark lachte so heftig, dass er seinen Kopf in den Nacken warf und sich große Grübchen in seine Backen bohrten. Dann sah er mich einen Moment lang still an. „Die Geschichte von Gott!“

„Gott?!“, entgegnete ich erstaunt. Ich erinnerte mich an mein Abenteuer in London. Dort hatte ich auch etwas von Gott gehört und – mehr noch: Ich hatte ihn irgendwie erlebt.

Mark nickte noch immer. „In Schweden habe ich zum ersten Mal wirklich und bewusst gehört: Gott hat dich gemacht und liebt dich über alles! Ich bin kein Zufall, keine Laune der Natur, kein Nebenprodukt von irgendeinem Urknall. Jemand hat mich gewollt und hat gute Pläne für mein Leben – wenn ich mich für ihn entscheide."

„Hm", sagte ich. „Das habe ich noch nie gehört."

„Leider wissen das immer weniger Menschen", sagte Mark. „Wir haben Gott vergessen und jagen irgendwelchen anderen Dingen nach, um glücklich zu werden – Geld oder, hm, anderen Schätzen ... Und da habe ich kapiert: Egal, wie viel ich klaue oder habe, das allein bringt mir nix. Höchstens viel Ärger."

Schätze?, schoss es mir durch den Kopf. Das konnte doch kein Zufall sein! Aber irgendwie wusste ich nicht so richtig, was ich antworten sollte.

„Nun ja", druckste ich herum, „das mit Gott ist nicht ganz so leicht zu kapieren. Manchmal weiß ich nicht, ob das nicht doch nur so ein Märchen ist, eine schöne Geschichte ..."

„Das habe ich oft gehört", gab Mark zurück. *„Das sind Märchen, die sich die Menschen ausgedacht haben*. Sogar in der Schule hat das ein Lehrer gesagt ..."

„Ja, so lernt man es ..."

„Aber auf einmal war mir völlig klar: Es ist kein Märchen! Es ist nichts Ausgedachtes! Es ist wahr!"

„Wie konntest du dir da auf einmal so sicher sein?"

„Weil ich es einfach spürte."

„Also nur so ein Gefühl?“

„Ja und nein. Ich spürte irgendwie Gottes Nähe, ja. Aber da war auch noch mehr. Ich stellte viele Fragen, versuchte die Leute in die Enge zu treiben, dass alles Schwachsinn ist, was sie glauben. Doch sie konnten mir vieles glaubwürdig erklären und erzählen, wie Gottes Liebe sie verändert hat. Sie haben nicht nur geredet, sie lebten danach. Ich spürte: Die meinen das ernst und die Art, wie sie leben, funktioniert besser als vieles, was ich bisher gesehen habe.“

„Es funktioniert? Wie meinst du das?“

„Es ist wie das Einmaleins – es funktioniert, auch wenn ich nicht genau weiß, warum oder wer es sich ausgedacht hat. Wer die Regeln nicht beachtet, verrechnet sich ständig. Wenn wir nicht mit Gott leben – also nicht mit ihm rechnen –, verstoßen wir gegen das himmlische Einmaleins.“

„Hm!“, murmelte ich nur und merkte, dass Mark viel darüber nachgedacht hatte. Das war nicht nur so ein Schuss ins Leere.

„Außerdem schien Gott wirklich ihre Gebete zu erhören“, fuhr Mark fort. „Einmal hatten wir uns total verlaufen. Stundenlang irrten wir umher. Es war schon stockdunkel! Da betete Andi, und wie aus dem Nichts tauchte ein Wanderer auf, der uns den Weg zeigte. Wer wandert denn im Dunkeln durch Schweden?! Also, das war hammerhart!“

Ich rutschte auf dem unbequemen Stuhl im Zimmer des Kaufhausdetektivs hin und her und wusste nicht, was ich sagen sollte. Erst die Sache mit dem Schatz im Schilf und der Bibel, jetzt noch mehr Geschichten über Gott - nein, das war kein Zufall!

„Wie ... wie ist das denn mit Gottes Geschichte?“, fragte ich Mark.

„Hm, das könnte ein bisschen länger dauern“, sagte er und schaute zur Bürotür. „Aber Zeit scheinen wir ja genug zu haben. Also: Alles fing mit Adam und Eva an, den ersten Menschen. Obwohl sie alles hatten, was sie brauchten - das leckerste Essen im Garten Eden, super Wetter und nie Probleme oder Krankheiten -, waren sie irgendwann unzufrieden. Sie wollten mehr.“

„Aha?“, sagte ich nur.

„Und der Teufel riet Eva, von den verbotenen Früchten zu essen. *‚Dann wirst du wie Gott sein‘*, sagte er ... Also ließ sie sich die Frucht schmecken und auch Adam biss rein - obwohl Gott gesagt hatte: *‚Wenn du davon isst, musst du sterben‘*. So begann der ganze Ärger. Adam und Eva waren durch ihren Ungehorsam von nun an getrennt von Gott. Seitdem machen die Menschen ihr Ding. Bald geschah der erste Mord, der erste Diebstahl und so geht es bis heute. Nur, weil wir Menschen nicht auf Gott hören möchten.“

„Also, das klingt nicht gerade nach einer guten Nachricht.“

„Die Geschichte ist ja auch noch nicht zu Ende. Gott gibt den Menschen eine neue Chance. Er selbst will die Menschen retten, damit sie wieder nach Hause kommen können."

„Aha", sagte ich wieder, während es in meinem Kopf ratterte.

„Vor ungefähr 2000 Jahren kam Gott selbst auf diese Erde, als kleines Baby in einer Krippe. Im Stall von Bethlehem. Weißt du, wo Bethlehem ist?"

„In Israel."

„Ja. Genauer gesagt im Westjordanland."

Ich nickte. „Das hat mit Weihnachten zu tun, ich weiß!"

„Ja, genau deshalb feiern wir Weihnachten. Vielleicht weißt du auch, wie dieses Kind hieß, was da geboren wurde, in diesem Stall?"

„Jesus!", sagte ich.

„Genau! Und das heißt auf Hebräisch *Gott rettet*. Stell dir mal vor, Gott war sich nicht zu schade, den Himmel zu verlassen, um uns zu retten! Um uns zu sagen, wie sehr er uns liebt und um uns den Weg nach Hause zu zeigen."

„Aber wie kann uns denn ein Baby den Weg nach Hause zeigen? Und was ist das überhaupt für ein Zuhause? Hmm …"

„Gute Frage! Die Sache im Stall war erst der Anfang", erklärte Mark. „Jesus ist später am Kreuz für uns Menschen gestorben – für unsere Schuld. Das ist so, als ob jemand für dich ins Gefängnis geht und die Strafe absitzt, obwohl du etwas gestohlen hast. So ist Jesus für uns gestorben, obwohl wir uns von Gott getrennt und jede Menge Mist gebaut haben. Er ist für uns gestorben, damit wir zu Hause im Himmel ankommen und ewig bei ihm sein können ..."

„Mark, das ist grad sehr viel", sagte ich. Ich musste schlucken und hatte einen dicken Kloß im Hals. „Wie meinst du das alles mit Sterben und Himmel und so ...?"

Mark nickte. „Viele denken ja, nach dem Tode käme nix mehr, aber das ist nicht wahr!"

Einen Augenblick lang herrschte Schweigen. Dann sagte ich: „Ehrlich gesagt kann ich es mir auch nicht vorstellen, dass wir einfach verschwinden nach dem Tod. Aber wie genau kann man – hm – also in den Himmel kommen? Was müsste ich dafür tun? Immer nett sein? Niemals lügen? Öfter in die Kirche gehen?"

Mark schüttelte den Kopf. „Nein. Du musst zugeben, dass du Mist gebaut hast. Sag Gott, dass dir das leidtut und dass du das annimmst, was Jesus für dich getan hat. Vertrau Jesus dein Leben an. Das ist alles. Sonst nichts. Sonst kannst du gar nichts dafür tun."

„Gar nichts?"

„Nein."

„Und wie komme ich dann in den Himmel?"

„Nur durch Jesus", sagte Mark. „In der Bibel steht, dass Jesus der einzige Weg ist, um zu Gott in den Himmel zu kommen. Es gibt keinen anderen."

Ich verstand immer noch nicht, wie er das meinte. Manchmal habe ich wohl eine lange Leitung. Deshalb fragte ich noch einmal: „Und wie soll das gehen?"

„Du brauchst nichts weiter zu machen, als Jesus zu vertrauen. Sag einfach: *‚Jesus, komm in mein Leben. Ich will dir gehören. Ich wünsche mir, dass du immer bei mir bist und mein Leben lenkst.'* Wenn du so betest, dass ab jetzt er der Chef sein soll, wirst du bald merken, was passiert ..."

„Was denn?"

„Lass dich überraschen!" Mark lächelte. „Es ändert sich einiges. Bei mir war es zum Beispiel so: Ich wollte vieles wiedergutmachen und stellte mir neue Fragen - aber ohne Druck. Ich wollte alles, was ich geklaut hatte, wieder ersetzen. Das tue ich aber nicht, *damit* ich mal in den Himmel komme, sondern *weil* ich in den Himmel komme! Und ich fühle mich gut dabei - und frei."

„Du meinst, hm, so als eine Art Dankeschön an Gott?"

„Genau." Mark schmunzelte. „Du hast es kapiert!"

Eine Weile herrschte Schweigen.

Dann fragte ich: „Aber das mit dem Zurückbringen der geklauten Sachen war ganz schön gewagt, oder?"

Mark zuckte mit den Schultern. „Ich will mal so sagen …"

In diesem Moment ging die Tür auf und herein kam: Papa! Er machte ein sehr ernstes Gesicht. Offenbar hatte der Kaufhausdetektiv ihn angerufen, ohne dass ich etwas davon mitbekommen hatte.

Papa und der Kaufhausdetektiv setzten sich zu uns. Sie brauchten uns nicht viele Fragen stellen. Mark und ich erzählten ganz freiwillig, wie alles zusammenhing und was wirklich passiert war. Nach und nach hellte sich das Gesicht des Kaufhausdetektivs auf. Irgendwann schien er einigermaßen zufrieden zu sein.

Mein Vater musste sich dennoch ganz schön was anhören und versprechen, in Zukunft besser auf mich zu achten. Er sollte dafür sorgen, dass sich ein derartiger Vorfall nicht wiederholen würde. Auch ich musste sagen, dass ich so etwas nie, nie mehr wieder machen würde. Nachdem Papa und ich unsere Versprechen abgegeben hatten, huschte ein Lächeln über das Gesicht des Kaufhausdetektivs. Er meinte: „Weil ich euren guten Willen sehe, nehme ich von einer polizeilichen Anzeige Abstand und lasse es bei einer Verwarnung."

Leute, war ich froh! Auch Mark Lindner kam glimpflich davon – man hatte ihm seine Geschichte geglaubt.

Papa nickte schließlich und bedankte sich.

Auch ich murmelte ein „Dankeschön". Noch einmal bat ich um Entschuldigung. Dann durfte ich endlich mit Papa nach Hause gehen. Auf dem Weg merkte ich, dass Papa sehr traurig aussah. Das war schwer für ihn. Aber er machte mir keine weiteren Vorwürfe. Alles war gesagt. Mein Papa ist schon richtig klasse ...

*

Trotzdem dachte ich abends im Bett noch lange darüber nach, was heute passiert war. Und über das, was Mark mir erzählt hatte.

Viele Fragen schwirrten in meinem Kopf herum: Warum bin ich eigentlich so, wie ich bin? Warum macht es mir nur wenig aus, ein schlimmes Ding zu drehen und jemandem wie Mark die Polizei auf den Hals zu hetzen?

War ich vielleicht auch wie Mark Lindner früher? Gut, ich hatte nie wirklich gestohlen und auch heute hatte ich es nicht vorgehabt. Aber war das, was ich gemacht hatte, nicht genauso schlimm?

Immerhin habe ich einigen Menschen wehgetan - wie zum Beispiel meinem Papa. Er hatte so traurig ausgesehen, besonders als er herausfand, dass ich ihn angelogen hatte. Die Polizei war zwar nicht eingeschaltet worden - auch, wenn der Kaufhausdetektiv uns eine ganze Weile in diesem Glauben gelassen hatte - aber was passiert war, war schlimm genug.

Gut, dass auch Mark mit einem blauen Auge davon gekommen war, nachdem er seine Geschichte erzählt hatte. Seine Geschichte, die so unglaublich klang, die aber – und da war ich mir inzwischen hundertprozentig sicher – wirklich der Wahrheit entsprach.

Und während ich durch das offene Fenster von draußen das leise Schnaufen unseres alten Esels Darwin hörte, fielen mir langsam die Augen zu und ich schlief ein.

Fische und Käfer

„Er hat uns nur Unglück gebracht, der blöde Schatz!“ Mit diesen Worten empfing mich David, als ich ihn am nächsten Tag im Krankenhaus besuchte. Seiner Hand ging es besser; man hatte die Verletzung genäht. Jetzt trug er einen dicken Verband. Hören konnte er auch schon wieder ziemlich gut. Vielleicht würde er bereits morgen nach Hause gehen können.

„Ich wünschte, wir hätten diesen Schatz im Schilf nie gefunden“, sagte David, „dann läge ich jetzt nicht hier.“

Vorsichtig nickte ich und dachte an Mark und daran, was er mir gestern erzählt hatte. Klar hatte der Schatz uns auch viele Probleme eingebrockt und bei meinem Vater für Kummer gesorgt. Aber ohne den Schatz und ohne all das Schlimme, das damit zusammenhing, hätte ich vielleicht nie von dem erfahren, von dem Mark mir erzählt hatte. Ohne den Schatz hätte ich vielleicht nie in der Bibel gelesen und so viel von

Gott erfahren, wer weiß? Vielleicht fädelt Gott so einiges in unserem manchmal chaotischen Leben ein – Dinge, die wie Zufälle aussehen. So wie unser Schatz im Schilf? Damals war es kein Zufall, dass die Tochter des Pharao den kleinen Mose im Schilf fand, wie es in diesem Bibelvers steht, den Annalena mir erklärt hatte. Wer weiß, vielleicht war auch unser *Schatz* kein Zufall?

„Was machen eigentlich Palles Münzen", unterbrach David meine Gedanken.

„Das ist eine lange Geschichte", seufzte ich und lehnte mich auf dem Besucherstuhl zurück. Dann erzählte ich, was passiert war. Erzählte von unserem achsotollen Plan und wie sie uns erwischt hatten im Einkaufszentrum.

David machte große Augen. „Und jetzt? Wie geht es jetzt weiter?"

Ich zuckte mit den Schultern. „Es blieb mir gar nichts anderes übrig, als meinem Vater alles zu erzählen."

„Alles?"

„Alles."

„Mann oh Mann ... Und? Was sagt er?"

„Er hat mit dem Kopf geschüttelt und gefragt, ob wir uns eigentlich im Klaren darüber sind, was für eine große Dummheit wir da gemacht haben. Der Einbruch in Gregor Poschs Zimmer, die Sache mit der Patrone, das Ding im Einkaufszentrum ..."

„Und dein Kaninchen ..."

„Dem geht es gut“, antwortete ich und berichtete, dass Papa gestern Abend noch mit Herrn Posch telefoniert hatte. Herr Posch hatte dann seinem Sohn Gregor die Ohren lang gezogen und ihn angewiesen, Dr. Pringel sofort unversehrt und munter an mich zurückzugeben.

„Dann hast du ihn also wieder?“, fragte David.

Ich nickte. „Aber ich fürchte“, schloss ich meinen Bericht und erhob mich langsam. „Ich fürchte, Palle wird ihre Münzen trotzdem hergeben müssen. Genauso wie ich meine Bibel.“

„An das Fundbüro?“, fragte David.

„Ja. Ich denke schon. Wenn wir den rechtmäßigen Eigentümer nicht finden, dann ans Fundbüro …“

*

Am Nachmittag traf ich mich mit Mark. Er hatte mich gegen Mittag angerufen und gefragt, ob ich Zeit und Lust hätte, ihm einmal die Stelle zu zeigen, an dem wir den Schatz im Schilf gefunden hatten.

Klar hatte ich Zeit. Und es war mir auch ganz angenehm, einem Außenstehenden die Sache mit dem Schatz noch einmal zu erzählen.

So waren wir zum See gelaufen und ich führte Mark dahin, wo wir Volleyball gespielt und die himmelblaue Truhe gefunden hatten.

„Hm“, sagte Mark und legte sich den Finger ans Kinn, als ich ihm die genaue Fundstelle zeigte. Er ließ den Blick über den Schilfgürtel und weiter am Ufer entlangwandern. „Hm“, sagte er noch einmal. Dann nickte er leicht und wies auf eine Stelle am Seerand, vielleicht fünfzig Meter entfernt von dem Ort, an dem wir standen.

„Siehst du die große Weide da hinten?“, fragte er mich und ich bejahte es. „Gleich bei dieser Weide fließt ein kleiner Bach in den See. Um genau zu sein, wird dieser See von zwei Bächen gespeist. Er hat sozusagen zwei Zuläufe und einen Ablauf.“

„Das haben wir in der Schule schon mal besprochen“, sagte ich und dachte an die Tafelskizze von Frau Birn, unserer NaWi-Lehrerin.

„Durch die zufließenden Bäche kommt es hier an dieser Stelle nach starken Regenfällen oder bei der Schneeschmelze im Frühjahr mitunter zu verstärkten Strömungen. Man kann es manchmal auch beim Baden merken.“

Ich nickte. „Und was willst du damit sagen?“

„Dadurch“, fuhr Mark fort und wies auf die Stelle, wo wir unseren Schatz gefunden hatten und die ich ihm gezeigt hatte, „dadurch könnte es theoretisch möglich sein, dass diese Holztruhe, von der du erzählt hast, von der Strömung mitgerissen und hier angespült worden ist.“

Ja. Das konnte gut sein. Mark hatte recht.

„Die Frage bleibt natürlich: Wo ist sie dann hergekommen?“

„In der Tat", entgegnete ich. „Diese Frage ist noch offen. Aber ich habe das Gefühl, dass wir sie noch lösen werden."

*

Auf dem Rückweg machten wir kurz an einer der Schutzhütten halt. Die Stadtverwaltung hatte sie vor ein paar Jahren für die Spaziergänger aufgestellt, damit diese sich bei Regen oder einem plötzlichen Gewitter in Sicherheit bringen konnten.

Mark holte eine Schachtel *Tic-Tac* aus seiner Hemdtasche und spendierte mir zwei kleine Dragees. Während wir lutschten, beobachteten wir einen dicken Mistkäfer, der über den Erdboden krabbelte.

„Sieh dir diesen Käfer an", sagte Mark zu mir und deutete auf den kleinen schwarzen Gesellen. „Jedes Kind kann ihn zertreten, aber alle Professoren, Wissenschaftler und Gelehrten dieser Welt können keinen bauen."

Nachdenklich nickte ich und sah dem Käfer hinterher, der sich unter einem Haufen Laub und Tannennadeln verkroch. Ganz so, als habe er Marks Worte gehört und das, was er über das Zertreten gesagt hatte.

Mark zog ein Taschentuch aus seiner Hose, wobei ihm sein Schlüsselbund auf die Erde fiel. Als er sich bückte, um es wieder aufzuheben, sah ich den Holzfisch, der daran baumelte und der schon vom Kaufhausdetektiv beäugt worden war. Damals, als er Mark durchsucht hatte.

„Was ist das eigentlich für ein Fisch, den du da an deinem Schlüsselbund hast?", fragte ich. Ich hatte dieses Fischzeichen schon manchmal an Heckscheiben oder Kofferraumklappen von Autos gesehen. Aber ich hatte keine Ahnung, was es bedeutete. „Bist du in einem Angelklub oder so?"

Mark lachte. „Nein", antwortete er, „das hat nichts mit einem Angelklub zu tun. Dieser Fisch war in früheren Zeiten mal ein Geheimsymbol."

„Ein Geheimsymbol?", wiederholte ich neugierig. „Das klingt spannend!"

„Ja! Ganz früher im Römischen Reich, als Christen verfolgt wurden und sich verstecken mussten, diente ihnen der Fisch als Geheim- und Erkennungszeichen."

„Hm", brummte ich. „Und warum gerade ein Fisch?"

Mark strich leicht über den Bauch des hölzernen Schlüsselanhängers. „Das hat mit der griechischen Sprache zu tun. Griechisch war damals die Weltsprache. Ungefähr so wie heute Englisch. Und *Fisch* heißt auf Griechisch *Ichthys*."

Mark griff nach einem Stock und schrieb das Wort in den Sand: I-C-H-T-H-Y-S. „Jeder einzelne Buchstabe dieses Wortes steht für ein anderes Wort."

Ich kratzte mich am Ohr. „Das ist ganz schön kompliziert, oder?“

„Gar nicht!“ Mark schüttelte den Kopf . „Ich gebe dir mal ein Beispiel, das du sicher kennst.“ Er nahm den Stock und schrieb T-Ü-V in den Sand. „Das Wort *TÜV* hast du sicher schon mal gehört, oder?“

„Klar“, gab ich zurück, „mein Vater ist Fahrlehrer. Mit allem, was Autos betrifft, kenne ich mich aus!“

„Fein. Also *TÜV* steht für *T*echnischer *Ü*berwachungs-*V*erein. T-Ü-V sind die Anfangsbuchstaben dieser Wörter. Und genauso ist das auch mit *ICHTHYS*. Jeder einzelne Buchstabe dieses Wortes ist zugleich der Anfangsbuchstabe der griechischen Wörter *I*esous, *Ch*ristos, *Th*eous, *Y*os und *S*oter.“ Mark hatte bei jedem einzelnen Wort auf den entsprechenden Buchstaben im Sand getippt.

Ich schüttelte verblüfft den Kopf. „Was du alles weißt! Woher kannst du Griechisch?“

„Kann ich gar nicht“, lachte Mark. „Ich habe es mir einfach nur gemerkt, als wir in der Jugendgruppe mal darüber gesprochen haben. Ich fand es eben sehr interessant.“

„Und was heißt das Ganze nun auf Deutsch?“, fragte ich.

„Es heißt *Jesus Christus, Gottes Sohn – Retter*. Diese fünf Worte sagen kurz und knapp, woran Christen glauben. Dass Jesus der Sohn

Gottes und unser Retter ist. Und eben darum wird der Fisch auch heute noch als Erkennungszeichen verwendet. Als ein Zeichen, dass man Christ ist."

Die *Tic-Tacs* in meinem Mund waren aufgelutscht und eigentlich hätten wir jetzt aufstehen und weitergehen können, aber wir blieben beide sitzen.

„Weißt du", sagte ich, nachdem ich einen Moment lang über Marks Worte nachgedacht hatte, „viele Menschen sagen ja, es gibt gar keinen Gott. Weil man Gott nicht sehen kann ..."

Mark lächelte. „Es gibt viele Dinge, die man nicht sehen kann", sagte er. „Funkwellen zum Beispiel."

„Funkwellen?"

„Ja. Sie sind überall. Auch hier um uns herum im Wald. Du bräuchtest nur einen Radioapparat aus der Tasche zu holen und einzuschalten, um sie hörbar zu machen. Oder einen Fernseher, um bunte bewegte Bilder zu sehen. Das alles schwirrt hier herum, aber wir sehen und hören nichts davon. Trotzdem ist es da!"

„Ja", sagte ich überrascht, „das stimmt!"

Mark nickte. „Es kommt immer darauf an, was man wie wahrnimmt. Und welche Möglichkeiten zum *Empfang* man hat."

„Hm ..."

Mark lächelte. „Hast du schon mal gebetet?"

„Ja", sagte ich zögernd, „habe ich. Vor allem, wenn ich in Schwierigkeiten war, habe ich manchmal gebetet." Ich dachte wieder an London und mein Abenteuer mit Palle. Oder aber auch an den Abend im Wohnzimmer, als es geklingelt und ich gedacht hatte, die Polizei käme mich holen. Da hatte ich gebetet und Gott sei Dank kam dann nur meine Cousine zur Tür rein!

„Aber nicht immer hat das Beten was genutzt", sagte ich. „Manche Sachen sind nicht so ausgegangen, wie ich es mir gewünscht habe ..."

Mark nickte. „Verstehe ich gut. Wir dürfen und sollen beten und Gott sagen, was uns fehlt. Aber Gott erfüllt nicht alles ... Manches geht auch gar nicht."

„Hm?"

„Stell dir nur mal vor, ihr spielt in der Schule Fußball. Zwei Mannschaften gegeneinander, klar. Und in jeder Mannschaft gibt es einen, der betet: *Gott, lass uns gewinnen ...*"

„Stimmt!", entgegnete ich, „beide Wünsche sind nicht erfüllbar! Ein Wunsch muss unerfüllt bleiben."

Mark nickte. „Ich bin mir ganz sicher, dass Gott genau weiß, was wir benötigen und vor allem, was gut für uns ist. Und danach entscheidet er, welche Gebete er erhört und welche er anders beantwortet, als wir uns das vielleicht wünschen."

„Aber manchmal ist es auch schwer ...", sagte ich. „Zum Beispiel, als meine Mama starb ..."

„Oh, das tut mir total leid", sagte Mark. Nach einer Pause meinte er: „Da gibt es keine schlaue Antwort drauf, warum Gott Leid zulässt."

Dann zog mein neuer Freund noch einmal seine *Tic-Tac*-Schachtel hervor, schüttete mir erneut zwei Dragees auf die Hand und ich steckte sie in den Mund. Kurz darauf tippte Mark mich an und zeigte auf den Waldboden: „Sieh, da ist wieder unser Käfer!"

Der Mistkäfer war aus dem Laub- und Tannennadelhaufen zurückgekehrt und spazierte munter um unsere Schuhe herum.

„Was meinst du", fragte Mark, „ob der uns wohl sieht?"

Ich schüttelte den Kopf. „Glaube ich nicht. Der spürt höchstens an unseren Bewegungen, dass da etwas ist. Aber *sehen* ...?"

Mark nickte. „Vielleicht ist das mit uns und Gott so ähnlich. Er ist da. Auch, wenn wir ihn nicht sehen und erst recht nicht immer verstehen."

„Ja", sagte ich, „das klingt logisch." Der Käfer krabbelte weiter und war bald unseren Blicken entschwunden.

Die Lösung

Bevor ich mich an diesem Nachmittag von Mark verabschiedete, hatte ich ihm noch eine wichtige Frage gestellt: „Glaubst du, dass dieser Satz, den ich in der Bibel gelesen habe, dieser Satz mit dem Kästlein im Schilf, dass das von Gott gekommen ist? Dass Gott wollte, dass ich diesen Satz lese?"

Mark lächelte. „Jeder Satz, der in der Bibel steht, kommt von Gott. Ich bin fest davon überzeugt, dass Gott manchmal direkt durch einen Bibelvers zu uns spricht. Das ist wunderbar! Und ganz sicher gehörte es auch zu seinem Plan für dich, dass du über genau diese Stelle in der Bibel gestolpert bist ..."

Seine Worte klangen mir noch im Ohr, als ich nach Hause kam, Dr. Pringel in seinem Stall besuchte und dabei merkte, dass ich mir im Augenblick nichts sehnlicher wünschte, als dass diese Geschichte doch noch ein gutes Ende nahm. Ein vollständig gutes Ende. Dass irgendwie alles in

Ordnung kam. Dass der ganze Schatz dahin zurückkehrte, woher er gekommen war. Die Frage war nur: Wie? Und was könnte ich tun?

Zum Abschied hatte Mark noch gesagt: „Denk immer dran: Du hast einen mächtigen Freund an deiner Seite: Jesus!"

Aber würde Jesus mir auch helfen, den wahren Besitzer des Schatzes zu finden?

*

Am nächsten Tag machten wir Ernst. Palle und ich waren mit unseren Rädern zum See gefahren, um uns die Sache mit der Strömung genauer anzusehen. Vielleicht hatte Mark den richtigen Riecher: Es könnte sein, dass die Truhe irgendwie angespült worden war.

Nachdem Palle und ich uns ein leckeres italienisches Eis an unserem Lieblingseiswagen am Strand geholt hatten, machten wir uns zu der Stelle auf, an der der kleine Bach in den Waldsee floss.

Unterwegs berichtete ich meiner Freundin von all dem, was Mark mir erzählt hatte. Davon, dass er gar nichts stehlen, sondern Schaden wiedergutmachen wollte. Davon, dass sich sein Leben völlig verändert hatte, seit ihm klar geworden war, dass Gott tatsächlich existierte. Dass man mit Gott nicht nur reden, sondern auch mit ihm rechnen konnte. Dass Gott einen Plan für unser Leben hat. Und dass Gott uns Menschen in Jesus Christus ganz nahe gekommen ist. So nahe, dass er uns ganz genau kennt. Unsere Sorgen, unsere Angst und auch unsere Freuden. Jesus ist wie ein Bruder. Wie ein guter Freund. Ein mächtiger Freund!

Palle hatte die ganze Zeit aufmerksam zugehört, aber nichts gesagt. Ob sie alles sofort kapierte, weiß ich nicht. Auch weiß ich nicht, ob ich Marks Geschichte so nacherzählt hatte, dass Palle sie überhaupt verstehen konnte. Aber ich wusste, dass *ich* sie verstanden hatte. Nicht nur in meinem Herzen, auch in meinem Kopf.

Manche Dinge, über die ich manchmal nachgedacht und die ich nicht verstanden hatte, ergaben jetzt einen Sinn. Und sie ergaben nur dadurch einen Sinn, dass ich anfing, mit Gott zu rechnen! Das himmlische Einmaleins!

Ja, ich kann dir sagen, das ist wirklich toll, wenn man kapiert hat, dass Gott uns liebt. Und wenn er unser Leben lenkt, dann passiert alles nur deshalb, weil es das Beste für uns ist. Nicht, weil es *gut* für uns ist, sondern *das Beste!* Das Aller-aller-allerbeste. Und manchmal versteht man das erst hinterher.

*

„Ach", sagte Palle, „ich wünsche mir ja auch, dass die Sache mit dem Schatz ein gutes Ende nimmt. Nicht nur für deinen Hasen, der ja zum Glück wieder da ist ..."

„Kaninchen“, gab ich zurück.

„Kaninchen“, korrigierte sich Palle.

Als wir die Stelle mit dem Bachzulauf so gut wie erreicht hatten, kam uns eine junge Frau entgegen, die den Blick auf das Ufer gerichtet hatte. Sie machte den Eindruck, als würde sie etwas suchen. Etwas oder jemanden. Aber vielleicht hielt sie auch einfach nur nach ihrem Hund Ausschau, der ins Wasser gesprungen war.

Wir liefen aneinander vorbei, sagten artig „Guten Tag“. Ich hatte die Frau schon fast wieder vergessen, als sie uns plötzlich hinterherrief: „Ach, Entschuldigung, bitte!“

Palle und ich blieben wie auf Kommando stehen und drehten uns um.

Die Frau winkte und kam dann ein paar Schritte zurückgelaufen.

„Sagt mal, Kinder“, begann sie, als sie uns erreicht hatte und neben uns stand, „seid ihr öfter hier?“

„Ach, na ja“, antwortete ich vorsichtig ausweichend, „wie man's nimmt …“

Die junge Frau nickte. Sie hatte ein rosafarbenes Band um ihre Stirn gebunden und trug einen Pferdeschwanz.

„Warum fragen Sie denn?“, wollte Palle wissen.

Die Frau deutete in westliche Richtung. „Dort drüben, gleich am Ufer, steht die alte Laube meiner Großmutter. Sie ist vor ein paar Wochen ge-

storben und ich bin jetzt dabei, das Haus auszuräumen und es zu verkaufen."

Palle und ich nickten unsicher.

„Und vor einigen Tagen sind mir ein paar Dinge abhandengekommen."

„Was denn für - *Hicks* - Dinge?", fragte Palle zurück und warf mir einen raschen Seitenblick zu, der nur heißen konnte: *Denkst du dasselbe wie ich?*

„Nun ja", die junge Frau rieb sich über die Nase, „genau genommen geht es um eine alte Holztruhe. So eine himmelblaue Schatztruhe aus Holz."

„Eine ... himmelblaue - *Hicks* - Schatztruhe?!", wiederholte Palle mit großen Augen.

Die Frau nickte.

„Ich glaube", sagte ich ebenso überrascht wie erleichtert, „ich glaube, da können wir Ihnen helfen."

*

Am Abend besuchte ich mit Papa noch einmal David im Krankenhaus, um ihm die neuesten Neuigkeiten zu berichten. Beim Finale, das wir mit der jungen Frau für morgen Mittag vereinbart hatten, sollte er unbedingt dabei sein.

Während ich mit David sprach, unterhielt sich mein Vater mit zwei Ärzten, die Davids Hand genäht hatten. Die Ärzte hießen Dr. Katzenstein und Dr. Finger, was David und ich sehr lustig fanden.

Und diese beiden Ärzte erwähnten mehrmals, welch großes Glück David gehabt hatte. Wie viel Glück, dass nicht mehr passiert war. Was geschehen wäre, wenn die Patrone auch nur ein wenig anders auf den Pflasterstein aufgeschlagen wäre und das Projektil einen anderen Weg genommen hätte? Nicht auszudenken! David hätte tot sein können.

*

„Manchmal scheint es wirklich, als hätten wir einen Schutzengel", sagte Papa auf der Fahrt nach Hause. „Manchmal scheint es, als ob jemand auf uns aufpasst und seine Hand über uns hält. Selbst dann, wenn wir den Mist selbst verzapft haben."

Ich musste schmunzeln und an Mark denken und an das, was er mir erzählt hatte.

„Ich glaube", sagte ich schließlich zu meinem Vater, „dass dieser *Jemand* den totalen Überblick über das hat, was geschieht. Dass er sieht, was wir noch gar nicht sehen können ..."

„Ja", sagte mein Vater, „als du klein warst, da hast du manchmal hinten im Auto gesessen und dich gefreut, wenn wir unterwegs waren. Und einmal im Winter, es war klirrend kalt und die Straßen völlig vereist, da hast du dich beschwert, dass ich so langsam gefahren bin. *Schneller, schneller, schneller,* hast du gerufen und ich habe gelacht und bin *nicht* schneller gefahren. Weil es viel zu gefährlich gewesen wäre. Was du kleiner Kerl natürlich nicht wissen konntest, weil du nicht alles überblicken konntest. Weil du zum Beispiel die vereiste Straße nicht sehen konntest."

Ich nickte und dachte, dass es mit Gott wohl genauso sein musste: Er hat einfach den besseren Überblick. Er sieht auch das, was wir nicht sehen können. Weil wir im Verhältnis zu ihm einfach zu klein dafür sind. Aber so, wie Papa mich liebte und vielleicht gerade deshalb damals an diesem Wintertag nicht schneller gefahren ist, so liebt uns Gott. Er passt auf uns auf. Er gibt uns nicht immer das, was wir uns wünschen und für richtig halten. Er gibt es uns deshalb nicht, weil es uns am Ende nicht nützen, sondern schaden würde. Wie eine schnelle Autofahrt bei Glatteis. Aber Gott passt auf uns auf. Wie ein Vater auf seine Kinder. Was für eine schöne Gewissheit!

Vollkommen baff

Am Mittag des nächsten Tages standen wir vor der Laube der jungen Frau am Seeufer. Erik, Palle, ich. Und auch David war gekommen, die Hand noch dick verbunden. Die Kristallkugel hatte er von dem Jungen zurückbekommen, mit dem er sie gegen die Patrone eingetauscht hatte. Ohne ein Wort legte David die Kugel auf den Holztisch vor der Laube, auf dem bereits Eriks Taschenuhr lag. Die Uhr hatte die junge Frau heute Morgen schon aus dem Fundbüro abgeholt.

Wortlos schob ich meine Bibel dazu und Palle legte mit ein wenig Wehmut im Blick ihre geliebten Golddukaten daneben. Aber auch ihr war klar: Freundschaft war viel wichtiger als ein Schatz. Freundschaft und Ehrlichkeit.

„Es tut mir so unendlich leid, dass die Sachen aus dem Nachlass meiner Oma solche Folgen nach sich gezogen haben“, sagte die junge Frau. „Das konnte ich nicht ahnen ...“

Wir nickten. Gestern hatten Palle und ich ihr erzählt, was wir mit dem Schatz im Schilf erlebt hatten und welche Dinge in den letzten Tagen passiert waren. Jetzt lagen die Gegenstände, die wir einst der himmelblauen Truhe entnommen hatten und die uns zum Verhängnis geworden waren, alle auf dem Tisch. All die Dinge, die uns nicht gehört hatten. Wir waren falsch mit ihnen umgegangen. Wir hätten den Fund melden müssen. Stattdessen hatten wir nur gemacht, was wir dachten. Was uns in den Sinn gekommen war. Und das musste letzten Endes schiefgehen.

All die Dinge aus der Truhe hatten schlimme Folgen gehabt. Nur die Bibel hatte etwas Positives bewirkt. Etwas sehr Positives sogar und ich bedauerte ehrlich, sie wieder hergeben zu müssen.

Mein Blick muss so eindeutig gewesen sein, dass die junge Frau mich direkt darauf ansprach: „Du siehst traurig aus."

Ich erschrak. „Nein, nein", entgegnete ich und winkte ab. „Alles in Ordnung."

Die junge Frau nickte. „Ich habe nicht aufgepasst: Was war es denn, das du genommen hattest? Was war dein Anteil? Die Goldmünzen?" Ich schüttelte heftig den Kopf.

„Dann sicher die hübsche Kristallkugel", fuhr die junge Frau fort und nahm die Kugel in die Hand. „Ist ja auch ein schönes Stück."

„Nein“, sagte ich leise, „die Kristallkugel war es auch nicht.“

„Nicht? Nun – dann bleiben eigentlich nur noch ...“

„Es war die Bibel.“ Meine Stimme war so leise, dass sie wohl kaum hörbar gewesen sein musste, aber die Frau mit dem Pferdeschwanz hatte meine Worte dennoch gehört.

„Die Bibel?“, wiederholte sie verwundert. „Die alte Bibel war dein Anteil?“

Ich nickte.

„Und das macht dich so traurig?“

Ich nickte noch immer.

„Nun dann“, antwortete die junge Frau, griff nach der Bibel und hielt sie mir hin. „Dann behalte sie doch einfach. Ich schenke sie dir. Ich glaube nicht, dass ich sie brauchen werde. Und besonders wertvoll scheint das alte Stück auch nicht zu sein.“

Jetzt blickte ich auf. Einen Moment lang sah ich ihr direkt in die Augen. Dann schüttelte ich langsam den Kopf und sagte mit fester und lauter und deutlicher Stimme: „Dieses Buch ist wertvoller als all die anderen Dinge in Ihrer Truhe zusammen. Wahrscheinlich ist es sogar wertvoller als alles, was Sie jemals im Leben besitzen werden.“

Es ist schwer, den Gesichtsausdruck der Frau zu beschreiben. Du hättest ihre großen Augen und ihren offenen Mund sehen sollen! Sie war vollkommen baff.

„Passen Sie gut auf die Bibel auf", fuhr ich fort. „Und lesen Sie darin. Vielleicht wird sie Ihnen einmal genauso wichtig wie mir. Ich wünsche es Ihnen sehr ..."

Mit diesen Worten machte ich auf dem Absatz kehrt und lief davon.

Zum Schluss

Das alles liegt nun schon eine Weile zurück und seither ist jede Menge Neues und Spannendes passiert. Mark Lindner und ich sind mittlerweile gute Freunde. Ab und an nahm er mich in seine Kirchengemeinde mit. Irgendwann kam auch Palle mit; schließlich erzählte ich ihr immer wieder davon, was wir dort alles so machen, wie viel Spaß wir haben und welche Abenteuer wir erleben.

Auch Gregor Posch ist friedlicher geworden. Die Sache mit der Kaninchenentführung habe ich ihm verziehen. Und dass die Münzen weder Palle noch ihm gehörten, hat er auch begriffen. Und weißt du was? Auch er hatte etwas zu tun mit dem Schatz im Schilf! Nicht nur mit den Münzen, sondern mit der ganzen Truhe!

Irgendwoher wusste Gregor, dass die alte Frau verstorben war, die in der Laube am See gewohnt hatte. Und er hörte, dass sie einem seiner ehemaligen Klassenkameraden mal ein paar alte

Golddukaten gezeigt hatte. Golddukaten, die sie in einer himmelblauen Truhe aufbewahrte. Zusammen mit den Dingen, die ihr im Leben am wichtigsten gewesen waren. Mit denen sie Erinnerungen und Erlebnisse verband. So hatte sie es wohl Gregors Kumpel erzählt.

Nach dem Tod der Oma versuchte Gregor, genau diese Truhe aus der Laube zu klauen. Dabei wäre er aber fast geschnappt worden. Aus lauter Angst vor der Polizei versteckte er kurzerhand die Truhe im See! Oder besser gesagt: im Schilf. Genau an der Stelle, wo wir sie später fanden.

Ob er uns dabei beobachtet hat? Als wir sie fanden und den Schatz unter uns aufteilten? Keine Ahnung. Darüber schweigt er bis heute. Aber es kann gut sein. Wie sollte er sonst darauf gekommen sein, die Münzen bei Palle zu suchen? Wie wäre er sonst auf den Gedanken gekommen, in den Garten von Palles Eltern zu klettern und die Münzen von der Terrasse zu stehlen?

Nun aber – so hatte ich den Eindruck – tat ihm all das ziemlich leid. Und ich vermute mal, dass er so etwas nicht noch einmal machen würde.

Und Papa? Klar, dass er eine ganze Weile ein besonderes Auge auf mich hatte. Klar, dass er fürchtete, ich könnte mich noch einmal zu so etwas hinreißen lassen wie der Sache im Einkaufszentrum. Oder dem Einstieg in Gregor Poschs Haus ...

Aber da braucht er nun wirklich keine Angst zu haben. Ich weiß zwar nicht, welche Fehler ich vielleicht im Leben noch machen werde, aber ich weiß, dass so etwas ganz bestimmt nicht mehr passieren wird. Hoffentlich!

Papa war auch interessiert daran gewesen, alles über Mark Lindner und auch über seine Gemeinde zu erfahren, die nun auch meine geworden ist. Bestimmt wird Papa mich bald einmal dahin begleiten. Er hat es mir jedenfalls versprochen. Und was Papa verspricht, das hält er auch!

Ja, ich gebe zu, diese ganze Geschichte ist ziemlich verrückt gewesen. Da ist viel passiert. Viel Aufregendes und viel Schlimmes. Aber letztlich auch etwas sehr Wichtiges und Schönes.

Wenn du nun aber denkst, ich hätte mir das alles nur ausgedacht ... na ja, da hatte ich dir ja ganz am Anfang der Geschichte einen Beweis versprochen. Einen Beweis, dass ich nicht geflunkert habe. Erinnerst du dich?

Also, wenn du meinst, ich hätte mir das alles von A bis Z nur ausgedacht, dann schau doch einmal selbst in eine Bibel. Und wenn du keine eigene hast (was ich sehr schade fände, denn es ist das wichtigste Buch, das es gibt!), dann frag mal deine Eltern oder Großeltern. Viele Erwachsene haben eine Bibel im Regal stehen. Leider schauen manche nur nie hinein.

Na, jedenfalls kannst du darin neben vielen

anderen spannenden Dingen auch den Satz finden, den ich als allerersten in der Bibel gelesen hatte:

„Und als sie das Kästlein im Schilf sah, sandte sie ihre Magd hin und ließ es holen."

Dieser Satz steht ziemlich weit vorn in der Bibel. Im 2. Buch Mose, das auch das Buch Exodus heißt. Eine Seitenzahl kann ich dir nicht nennen, da jede Bibelausgabe ein etwas anderes Format oder eine andere Schriftgröße hat. Darum wird eine Bibelstelle auch nicht nach Seitenzahlen angegeben, wie du es vielleicht aus Schulbüchern kennst, wenn der Lehrer sagt: Schau mal den Text auf Seite 84 an oder so. Bei einer Bibel ist das anders. Da geht es nach Buch, Kapitel und Versnummer. In unserem Fall musst du – wie ich schon sagte – das 2. Buch Mose suchen und dort das 2. Kapitel aufschlagen. In dem findest du in Vers 5 (also ziemlich zu Beginn des Kapitels) den Satz mit dem Kästlein im Schilf …

Ich wünsche dir ganz viel Spaß dabei, auf die Suche nach diesem S(ch)atz zu gehen und nach all dem anderen Spannenden und Wichtigen, was im Buch der Bücher zu finden ist. Es ist schon so, wie Mark gesagt hat: Du hast einen mächtigen Freund an deiner Seite! Und mit ihm kannst du unendlich viel erleben, das verspreche ich dir!